Mission Hollercamp
Der unheimliche Fremde

In der Reihe bisher erschienen:

Mission Hollercamp. Der unheimliche Fremde (Bd. 1)

Mission Hollercamp. Das verlassene Boot (Bd. 2)

Für meinen Vater

Mission Hollercamp
Der unheimliche Fremde

MIXTVISION
Weiter. Erzählen.

NOTIZ DES VERFASSERS (also von mir)

Der Campingplatz am Hollersee ist mein Leben. Hier kann ich tun und lassen, was ich will. Und nur hier bin ich mit meinen besten Freunden zusammen – von morgens bis spät in die Nacht. Früher haben Jakub, Emily und ich in den Ferien Wasserball gespielt und Staudämme gebaut. Lauter harmloses Zeug eben. Aber diese Zeiten sind ein für alle Mal vorbei. Um zu verstehen, wie das passiert ist, habe ich alles aufgeschrieben. Am Schluss hat Emily noch mal drübergeguckt. Damit keiner behaupten kann, ich hätte mir das nur ausgedacht. Ich schwöre: Alles, was hier steht, ist genauso passiert. Emily Pratibha Evans ist meine Zeugin.

Gute Wahl. Pratibha heißt „die Intelligente". ☺

1. Kapitel

Einen Tag vor unserer Abfahrt zum Hollercamp bekomme ich eine Nachricht von Jakub. Er ist natürlich schon längst auf dem Campingplatz angekommen. Emily sowieso. Wie immer bin ich mit meiner lahmarschigen Familie der Letzte.

WO BLEIBST DU? WIR BRAUCHEN DICH!

Jakub meldet sich nur, wenn es wirklich wichtig ist. Das Problem ist: Ich habe kein Handy. Also muss Jakub in solchen Fällen meiner Schwester Mia schreiben. Die liest mir die Nachrichten dann vor. Wenn sie gut gelaunt ist, darf ich sogar antworten.

wie großzügig!

Zum Glück ist das gerade der Fall. Wortlos legt sie mir das Handy auf den Küchentisch neben meinen Teller mit dem Marmeladenbrot. Ich wische mir die Hände ab und schreibe zurück:

WIR FAHREN MORGEN FRÜH LOS.

Jakubs Antwort kommt sofort. Der kann super schnell tippen.

WIRD AUCH ZEIT!

Das sehe ich genauso. Schließlich sind die Pfingstferien schneller vorbei, als man gucken kann. Allerdings geht es Jakub um etwas anderes. Das verrät seine nächste Nachricht.

WIR BRAUCHEN VERSTÄRKUNG. HIER TREIBT SICH EIN FREMDER RUM.

Ich verschlucke mich fast an meinem Brot. Ein Fremder? Das verstehe ich nicht: Der Campingplatz am Hollersee ist riesig. Da kann man gar nicht jeden kennen. Zwangsläufig sind hier jede Menge Fremde unterwegs. Die man im Übrigen auch Gäste nennt. Da muss es mit diesem speziellen Fremden schon etwas Besonderes auf sich haben. Ich will Jakub gerade fragen, worauf er hinauswill, da nimmt Mia mir das Handy auch schon wieder ab.

„Genug gedaddelt, Leon", meint sie. „Such dir eine sinnvolle Beschäftigung. Lies ein Buch. Oder iss was Gesundes."

„Du bist nicht meine Mutter!", protestiere ich.

„Stimmt", sagt Mia grinsend. „Ich bin deine große Schwester. Das ist viel schlimmer."

Ich kann es nicht erwarten, endlich am Hollersee anzukommen. Im Urlaub muss ich mir keine Mini-Wohnung mit meiner bescheuerten Schwester teilen. Da schläft sie im Zelt und ich mit meinen Eltern in unserem Camper. Mein Platz ist der beste: unter dem Dach im Alkoven. Früher, als Mia noch nicht cool war, haben wir uns den Platz geteilt. Bis sie irgendwann verkündet hat, dass ich neuerdings stinke – da ist sie dann ausgezogen. Erst nur eine Etage tiefer, auf den Esstisch, den man in eine Schlafcouch verwandeln kann – und schließlich nach draußen, auf den Zeltplatz.

Kann ich nicht bestätigen.

Seit ich denken kann, fahren wir ins Hollercamp. Ich kenne die gesamte Gegend – Wald und Kiesgrube eingeschlossen – besser als mein Viertel hier in der Stadt. Weil ich mit Jakub und Emily Jahr für Jahr alles aufs Neue erkunde. Wenn ich genau darüber nachdenke: Wahrscheinlich ist der See gar nicht so wichtig. Von mir aus könnte unser Camper auch vor einer Pfütze bei irgendeinem Supermarkt parken. Solange Jakubs Zelt auch dort steht. Und der gemütliche Wohnwagen von Emilys Oma.

An dem Abend schlafe ich nicht gleich ein. Das liegt zum einen an meiner Vorfreude, klar. Zum anderen an Jakubs merkwürdiger Nachricht. *Hier treibt sich ein Fremder rum.* Fremder. Schon das Wort klingt irgendwie bedrohlich. Was bescheuert ist. Eigentlich bedeutet „fremd“ doch nur „unbekannt“, oder? Mehr nicht. Merkwürdigerweise bin ich trotzdem aufgeregt, wenn ich an diesen Fremden denke. Vielleicht, weil das Wort auch vielversprechend klingt. Und zwar sehr. Denn Emily, Jakub und ich, wir sind schon lange scharf auf ein richtiges Abenteuer …

2. Kapitel

Sechzehn Stunden und 430 km später sind wir da. Endlich! Gekonnt manövriert meine Mutter den Camper auf unseren reservierten Stellplatz. Nummer 282 – das ist der beste. Der Boden ist fast gerade und nicht matschig, wir haben Abendsonne, eine tolle Aussicht auf den See und eine Stromsäule ganz in der Nähe. Die 282 ist so was wie unser zweites Zuhause. Letzten Sommer waren wir blöderweise zu spät dran, da mussten wir einen Stellplatz weiter vorn nehmen. Mit ungerader Nummer – eine Katastrophe! Dazu muss man wissen: Ich mag Zahlen, die man durch 2 teilen kann. Ich glaube, dass sie Glück bringen. Mia hält das natürlich für Schwachsinn. Aber wenn man mich fragt, war es kein Zufall, dass unsere Bordtoilette ausgerechnet in dem Jahr übergelaufen ist, als wir auf der verdammten 137 standen.

Ansichtssache.

So schnell wie möglich springe ich aus dem Camper. Die Sache ist nämlich die: Wenn ich den Hollerseeboden als Erster betrete, ist das ein gutes Zeichen. Kaum bin ich draußen, nehme ich einen tiefen Atemzug. Am Hollersee riecht es immer gleich – und immer gut. Mein Vater meint, das komme vom Wald, den Kiefern und dem Moos. Dazu mischt sich der Geruch von Sand, Sonnencreme und Freiheit. Eine super Kombination. Plötzlich habe ich im Bauch ein riesiges Glücksgefühl. Ich muss mich unbedingt bewegen. Am liebsten würde ich gleich zum Ufer flitzen. Aber zuerst gibt es noch etwas zu erledigen. Etwas Schreckliches: Wir müssen das Vorzelt aufbauen. Dafür stecken wir unzählige fiese Stangen ineinander, um ganz am Schluss festzustellen, dass die allererste Stange die falsche war. Was bedeutet: noch mal von vorn. Es gibt nur ein Familienmitglied, dem die ganze Aktion Spaß macht. Meinem Vater. Wenn wir uns gemeinsam mit dem Zelt abkämpfen, wirkt er von Minute zu Minute glücklicher. Er genießt es, dass wir alle an einem Strang ziehen. Dass wir gemeinsam etwas erschaffen. Sobald das Zelt steht, macht nämlich jeder sein eigenes Ding. Er schnappt seinen Hand-

Ganz meine Meinung!

staubsauger, Mia ihr Handy, meine Mutter ihre Yogamatte – und ich begebe mich auf die Suche nach Jakub und Emily. Aber so weit sind wir noch nicht. Leider.

„Leon. Kannst du mal die Stangen hier halten?"

Ähhh ... klar doch. Nichts lieber als das.

3. Kapitel

Eine gefühlte Ewigkeit später steht das Vorzelt. Etwas schief, aber egal. Ich mache mich vom Acker, bevor meine Eltern auf dumme Gedanken kommen und doch noch nachbessern wollen. Oder mich zum zehnten Mal fragen, ob ich mich schon mit Sonnenschutz eingecremt habe. In dem Punkt verstehen sie keinen Spaß. Es ist schon seltsam: Hier am Hollersee kann ich machen, was ich will – es interessiert sie echt nicht im Geringsten –, solange ich mit Lichtschutzfaktor 50 durch die Gegend renne.

Der Bereich für die Zelte, wo Jakub Jahr für Jahr sein Lager aufschlägt, liegt etwas tiefer, in der Nähe des Ufers. Als ich auf dem kleinen Hügel stehe, lasse ich meinen Blick über die vielen Zelte schweifen. Ich halte nach einem grünen Wurfzelt Ausschau, mit bunter Wimpelgirlande auf dem Dach. Die Girlande hat Emily genäht, quasi als Erkennungszeichen, weil wir oft Schwierigkeiten hatten, in dem Gewimmel das richtige Zelt zu finden. Emily ist ein richtiger DIY-Profi. Das steht für Do it yourself – mach's selbst. Und genau das tut Emily. Sie kann nicht nur nähen, sondern auch basteln und schrauben und so. Sie hat auch die ganzen Vogelhäuser gebaut, die hier überall rumhängen.

Jakub und sein Vater sitzen vor ihrem Zweimannzelt und spielen Karten. Bei dem Wort beschwert sich Mia immer. Also, nicht über „Karten". Sondern über „Zweimannzelt". Sie findet, ich sollte „Zweipersonenzelt" sagen. Weil auch Frauen zelten. Das stimmt schon. Allerdings sind es in dem Fall eben zwei Männer. Beziehungsweise ein Mann und ein Junge: nämlich Jakub und sein Vater Pawel. Der Rest der Familie – eine Mutter und ein Baby – hasst Camping. Deshalb bleiben sie meistens zu Hause. Jedes Mal staune ich darüber, wie ähnlich sich Vater und Sohn sehen. Jakub ist ein Mini-Pawel. Oder Pawel ein Maxi-Jakub. Sie haben beide eine Stupsnase und diese Augenbrauen, mit denen sie immer ein bisschen überrascht aussehen.

UND Menschen, die sich in die zwei Kategorien nicht einordnen können.

Jetzt ist Jakub aber wirklich überrascht. Offenbar hat er noch nicht mit mir gerechnet.

„Hallo, altes Haus!", ruft er und springt sofort auf. Ehrlich gesagt, kenne ich keinen Zwölfjährigen, der einen anderen Zwölfjährigen altes Haus nennt. Aber ich mag es. Es ist, als würden wir uns schon ewig kennen. Und irgendwie tun wir das ja auch.

Jakub begrüßt mich nicht nur wie ein in die Jahre gekommenes Gebäude. Er umarmt mich auch. Ehe ich mich versehe, hat er die Arme um mich geschlungen. Ich zähle bis zwei. Zwei Sekunden sind die perfekte Dauer für eine Umarmung unter Kumpels. Alles andere wäre peinlich. Dank seiner kurzen Haare sehe ich sofort, dass Jakub neue Hörgeräte hat. In Eisblau.

„Schick, oder?", sagt Jakub und lacht. „Die ersten, die nicht meine Haarfarbe haben." Früher fand Jakub seine Hörgeräte peinlich. Da war er überhaupt viel zurückhaltender. Das ist er jetzt nur noch, wenn wir viele neue Leute auf einmal treffen. Dann wird Jakub meist ziemlich still und lächelt und nickt viel. Ich mache Jakub ein Kompliment für das coole Blau seiner Hörgeräte – dann begrüße ich seinen Vater.

„Tach, Leon", sagt Pawel lächelnd. „Seid ihr gut durchgekommen?"

Ich nicke. Das ist eine typische Erwachsenenfrage. Wen interessiert es schon, ob es hinter irgendeinem Kreuz stockenden Verkehr gab. Oder ob wir wegen Mia 50 oder doch nur 49 Pinkelpausen einlegen mussten. Wichtig ist doch nur, dass ich jetzt hier bin! Am liebsten würde ich Jakub direkt auf den Fremden ansprechen. Aber ich habe so eine Ahnung, dass das gerade kein passender Moment ist – mit Pawel in Hörweite. Also stelle ich Jakub stattdessen eine völlig unverfängliche Frage: „Ist Emily schon da?"

Jakub grinst bloß.

„Den Letzten frisst der Wels!", ruft er und rennt los. Pawel ruft ihm etwas auf Polnisch hinterher, woraufhin Jakub sich noch einmal umdreht, um kurz zu winken. Ich mache, dass ich hinterherkomme. Eigentlich war meine Frage bescheuert. Denn Emily ist immer als Erste hier. Das liegt daran, dass ~~ihre Oma Mabel Dauercamperin~~ ist. Ihr Wohnwagen, ein hellgelber Oldtimer, steht das ganze Jahr über samt dem gestreiften Vorzelt auf dem Platz. Auch Mabels Garten ist beeindruckend, mit sechs verschiedenen

sie die geborene Gewinnerin ist

Du hast meine geniale Werkbank vergessen!

Rosenarten und 17 identischen Gartenzwergen. Wegen denen wird Mabel von den anderen Stammgästen nur „Schneewittchen“ genannt. Das musste Emily ihr erst mal übersetzen. Denn ihre Oma, die aus England kommt, kannte nur „Snow White“. Emily spricht übrigens nicht nur Englisch, sondern auch Hindi. Und ich könnte schwören, dass sie auch Hunde versteht.

Wuff!

Wuff!

4. Kapitel

Wir kommen gerade rechtzeitig zur Tea Time. Mabel und Emily sitzen auf dem geblümten Sofa, vor ihnen steht ein üppig gedeckter Tisch. In der Mitte thront die dunkelgrüne Teekanne, umgeben von liebevoll angeordneten Gurkensandwiches und diesen süßen Brötchen, deren Namen ich mir einfach nicht merken kann.

„Lecker, Scones!", ruft Jakub. „Darf ich?"

„Aber sicher, dear!"

Für Mabel sind fast alle *dear.* Sogar Berta, die Platzbetreiberin – und das will was heißen!

Emily begrüßt mich mit einem fetten Grinsen im Gesicht. „Hi Leon", sagt sie und klemmt sich eine ihrer schwarzen Haarsträhnen hinters Ohr. „Ich hatte schon Angst, ihr kommt gar nicht mehr. Habt ihr euch verfahren, oder was?"

„Hä? Wie kommst du denn darauf?", frage ich.

„Seit einiger Zeit macht sich hier irgendein Witzbold an den Wegweisern zu schaffen", erklärt Emily, die sich gleich zwei Gurkensandwichs auf einmal genommen hat. „Manche werden übermalt, andere abgeschraubt und an falscher Stelle wieder aufgestellt."

Ich zucke mit den Schultern. „Ich glaube, meine Eltern würden den Weg ins Hollercamp auch im Schlaf finden", sage ich und lasse mich aufs Sofa fallen. Ich schnappe mir ein Sandwich und erkundige mich bei Mabel, was es sonst so Neues gibt. Mabel weiß immer alles. Bestimmt hat sie auch zu dem ominösen Fremden etwas zu sagen. Doch dann berichtet sie erst mal nur von einem neuen Dauercamper, der ihr total unsympathisch ist.

„Ein richtiger Bighead ist das", sagt sie und schüttelt den Kopf. Dabei hält sie sich ganz vornehm und gerade, was ihren schneeweißen Dutt wie ein Krönchen wirken lässt. „Stellt euch vor: Er hat in seinem Garten einen Whirlpool aufgestellt. Da sitzt er jeden Abend drin, ohne Badehose, und trinkt eine Flasche Sekt."

Emily muss lachen.

„Granny, was stört dich daran? Dass er nackt ist oder besoffen?"

„Beides!", meint Mabel empört. „Der hat doch keine Manieren!"

„Anders als wir", schmatzt Jakub mit vollem Mund.

„Hat der Neue schon einen Spitznamen?", frage ich. Früher oder später bekommt jeder Dauercamper einen verpasst. Mabel schüttelt den Kopf.

„Angeblich ist er Polizist", sagt Emily und schiebt sich noch ein Sandwich zwischen die Zähne. Ich kenne echt niemanden, der so viel essen kann wie sie. Und so oft. Emily braucht sechs Hauptmahlzeiten am Tag, mindestens.

„Echt wahr?", frage ich nach. Das ist mal spannend! Die meisten Leute hier sind Normalos und haben ganz langweilige Berufe. Eben wie meine Eltern. Meine Mutter ist Erzieherin. Mein Vater Physiotherapeut. Schnarch.

„Auch wenn er furchtbar unsympathisch ist. Ich bin froh, dass er da ist", meint Mabel und senkt ihre Stimme. „Wo dieser Fremde hier herumstrolcht."

Ah! Endlich kommen wir zum eigentlichen Thema. Aber Emily winkt bloß ab und lässt die bunten Armreifen an ihrem Handgelenk klimpern.

„Ich weiß nicht, warum alle so ein Riesending daraus machen", sagt sie. „Da wohnt halt ein Typ im Wald. Na und?"

„Der *wohnt* im Wald?", frage ich.

„Genau das müssen wir unbedingt überprüfen", meint Jakub. „Wir haben nur noch auf dich gewartet!"

Mabel greift nach meiner Hand. „Leon, dear", sagt sie. „Du bist der Vernünftige von euch dreien. Versprich mir, dass ihr euch nicht allein dort herumtreibt. Ehe wir nicht wissen –"

„Granny, du liest zu viele Krimis", unterbricht sie Emily und trinkt ihren letzten Schluck Tee.

„Maybe", erwidert Mabel. „Aber besser Krimis lesen, als gar nichts lesen." Sie wirft Emily einen vielsagenden Blick zu.

„Aber ich lese doch", sagt Emily unbeeindruckt. „Nachrichten und Statusmeldungen." Grinsend zieht sie ihr Handy aus der abgeschnittenen Latzhose, die gemeinsam mit den Armreifen so was wie ihr Erkennungszeichen ist. Bequem und praktisch – mit viel Platz für Werkzeug, Krimskrams – und eben das Handy. Das hat sie letztes Jahr bekommen, als ihre Eltern sich getrennt haben. Jakub hat auch eins, damit kann er sich im Notfall schriftlich verständigen, wenn er die Ersatzbatterien für seine Hörgeräte vergessen hat. Nur ich habe kein Handy. Ich bin eben echt zu bedauern mit meinen verliebten Eltern und meinen guten Ohren.

Sollte wohl so was wie ne Entschädigung sein

5. Kapitel

Die Zeit bis zum Abendessen verbringen wir am Ufer. Das machen wir immer, wenn alle auf dem Platz angekommen sind: Wir ziehen die Schuhe aus, setzen uns in den Sand und begrüßen den See.

„Hallooo“, ruft Emily über das Wasser. Von der Klippenwand am anderen Ufer schallt das Echo zurück: „Alooo!“

„Wir sind wieder da-aaa!“, rufe ich.

„Aaa“, antwortet der See.

„Wir freuen uns!“, ruft Emily.

„FRESSE!“

Hä? Ist das Echo kaputt?

„Wir freuen uns!“, versucht Emily es noch einmal lauter.

„HALT DIE FRESSE!“, schallt es zurück.

Jakub sieht mich irritiert an.

„Da schreit jemand, dass wir die Fresse halten sollen“, erkläre ich ihm. Jakub versteht einen am besten, wenn man ihn beim Sprechen direkt anguckt, dann kann er vom Mund absehen. Jakub runzelt die Stirn, auf einmal wirkt er verärgert. Langsam lässt er den Blick über den See schweifen.

„Da hinten ist jemand“, ruft er plötzlich ganz aufgeregt. „Da, auf der Klippe!“

Ich folge seinem ausgestreckten Zeigefinger mit den Augen, kann aber nichts erkennen.

„Hey du!“, brüllt Jakub über den See.

Ich kneife die Augen zusammen, kann aber immer noch nichts erkennen. Falls da am gegenüberliegenden Ufer wirklich jemand war, ist er jetzt weg. Dafür taucht jemand anderes auf. Direkt hier, bei uns: Berta. Ausgerechnet. Ich frage mich, wie ein Mensch, der so laut spricht, sich so leise anschleichen kann.

„Ihr seid hier nicht allein aufm Platz!“, motzt sie und stemmt die Hände in die runden Hüften. „Ich hab 1250 Plätze! Mit noch mehr Gästen! Und die wollen ihre Ruhe! Rumbrüllen könnt ihr zu Hause. Verstanden?“

Wir nicken brav. Auch wenn Berta samt ihrem Käppi höchstens 1,50 m ist – mit ihr legt man sich besser nicht an. Das macht auch die Rose auf ihrem Oberarm klar. Die hat mehr Stacheln als Blütenblätter.

Den Campingplatz hat Berta von ihrer Mutter geerbt, ihre Familie betreibt ihn in der dritten Generation. Deshalb ist sie hier die absolute Oberchefin. Und Berta ist auch eigentlich ganz okay – solange die Platzregeln eingehalten werden. Plötzlich ändern sich ihre Gesichtszüge und ihre Stimme wird ganz sanft und leise. „Sagt mal, habt ihr Cécilchen gesehen?"

Cécilchen ist eine von Bertas sieben Katzen. Und eine davon ist eigentlich immer verschwunden.

„Ist das die weiße?", frage ich.

Berta sieht mich fassungslos an.

„Die weiße ist Estelle!", sagt sie. „Cécilchen ist komplett schwarz."

Ups. Das müsste ich eigentlich wissen. Vor schwarzen Katzen habe ich Respekt. Wie ihn jeder normale Mensch haben sollte, weil sie bewiesenermaßen Unglück bringen. Aber Emily und Jakub lachen darüber nur. Wie auch immer: Jakub verspricht Berta, dass wir die Augen aufhalten werden. Und dann stiefelt sie wieder davon.

Einspruch! Wir schmunzeln nur.

Eine Weile sagt keiner was. Es ist, als würde die Beleidigung von eben immer noch über dem See hängen. Wer ruft da einfach so „Fresse halten"? Und warum? Ich muss an den Fremden denken. Ob er das war? Ist er ein Kinderhasser? Oder so unglücklich, dass er es nicht aushalten kann, dass andere eine schöne Zeit haben? Ohne dass ich es genauer erklären kann, macht sich in meiner Magengegend ein ungutes Gefühl breit. Könnte allerdings auch Hunger sein.

6. Kapitel

Als ich mich wenig später mit knurrendem Magen bei meiner Familie blicken lasse, kriege ich statt einem Riesenteller Nudeln erst mal einen Riesenschreck.

Am gedeckten Campingtisch im Vorzelt sitzt Charlotte. Meine einzige und schlimmste Cousine. Wie zur Hölle kommt die hierher?

„Überraschung!“, ruft Charlotte begeistert und streckt beide Hände in die Luft. Ich erstarre. Am liebsten würde ich direkt umdrehen, in den Wald flüchten und den Rest meiner Ferien mit einer freundlichen Wildschweinfamilie verbringen. Denn Charlotte bedeutet Ärger. Immer und überall.

„Leon, jetzt steh doch nicht so blöd rum!“, ruft meine Mutter. „Komm, setz dich zu uns. Es gibt tolle Neuigkeiten.“

Ich schlucke. Tolle Neuigkeiten? Die tollste Neuigkeit für mich wäre, dass ich Halluzinationen habe und mir nur einbilde, dass Charlotte hier ist. Neben meiner Schwester. Auf meinem Campingstuhl!

Langsam setze ich mich in Bewegung. Dabei spüre ich ein unangenehmes Zucken in meiner linken Wade. Wie so oft, wenn ich mit Charlotte zu tun habe.

„Wie wäre es, wenn du deine Cousine mal begrüßt?"

„Hallo Charlotte", sage ich fast tonlos. „Du sitzt auf meinem Platz!"

Charlotte grinst.

„Und ich hatte schon Angst, du hättest dich verändert. Aber nein, du bist noch ganz der Alte."

Sie steht auf und gibt den Platz frei. Ich lasse mich schnell darauf sinken, bevor Charlotte es sich wieder anders überlegt.

„Aber ich habe mich weiterentwickelt", plappert Charlotte unbekümmert weiter und schiebt ihre Brille hoch auf den Nasenrücken. „Ich bin jetzt nämlich Charlie. Mit ie."

Ehrlich gesagt, bin ich beeindruckt. Weil sie offenbar selbst kapiert hat, dass ein Name wie Charlotte – oder Charlotte-Helen, wie sie eigentlich heißt – nicht zu ihr passt. Charlie passt viel besser. Chaos-Charlie.

Mein Vater gibt mir Spaghetti auf. Doch der Appetit ist mir vergangen. Ich muss erst wissen, was hier los ist.

„Äh, also ... wie kommst du hierher?"

„Mit dem Dreirad!", kräht Charlotte. „Scherz! Papa hat mich gefahren. Und ist gleich wieder weiter."

„Und ... äh, was machst du hier?"

„Na, was wohl?", ruft Charlotte. „Urlaub!"

„Oh, äh, ähm", gebe ich von mir.

„Ich übersetze mal", sagt Mia. „Was mein geschätzter Bruder sagen will, ist, dass er sich sehr freut und es gar nicht erwarten kann, dir hier alles zu zeigen."

„Lügnerin!", sagt Charlotte fröhlich und beginnt, die Nudeln in sich hineinzuschaufeln. Und ich? Ich sitze einfach nur regungslos da. Also, von meiner zuckenden Wade einmal abgesehen. Ich starre Charlotte an. Wie einen Alien. Und das ist sie hier ja auch. Charlotte hat mit ihrem rosa getupften Kleidchen und den silbernen Sandalen auf meinem Campingplatz absolut nichts verloren. Mein Starren scheint meiner Mutter nicht zu gefallen. Sie legt ihr Besteck auf den Tisch.

„Leon, kommst du mal bitte mit rein?"

„Was?“

„Kommst du mal bitte mit. Du musst mir kurz helfen.“

„Jetzt?“

„Leon!“

Langsam stehe ich auf und schlurfe meiner Mutter in den Camper hinterher. Kaum bin ich drin, schließt sie die Tür.

„Ich weiß, Charlotte ist nicht gerade deine beste Freundin“, beginnt sie.

Stimmt! Die Rolle ist schon laaaange vergeben.

„Schön gesagt“, murmle ich.

„Aber es gibt nun mal Situationen, in denen muss man als Familie füreinander da sein.“

Und dann erklärt sie mir, dass Charlottes Eltern – also mein Onkel Paul und meine Tante Samantha – sich gerade eine fetzige Trennung liefern. Gestern Abend hat sich die Situation zugespitzt. Da erschien es allen Beteiligten das Beste, wenn Charlotte für eine gewisse Zeit ausquartiert wird – in ein gesundes Umfeld. Und dieses gesunde Umfeld sollen nun also wir sein. Beziehungsweise ich. Denn es ist ja wohl klar, wer sich hier um Charlotte kümmern muss. Schon allein vom Alter passe ich viel besser zu ihr als Mia. Natürlich bin ich von der Idee alles andere als begeistert. Meine Befürchtung ist, dass Charlotte unsere eingeschworene Dreier-Crew durcheinanderbringt. Weil Charlotte echt alles durcheinanderbringt. Das ist so was wie ihre Superpower.

„Leon, bitte“, sagt meine Mutter. „Es ist nur für die erste Woche. Außerdem ist sie deine Cousine! Früher habt ihr ganz toll miteinander gespielt.“

„Äh ja“, erwidere ich. „Bis sie mir einen Dartpfeil in die Wade gebohrt hat.“

Meine Mutter seufzt.

„Jetzt übertreib mal nicht“, sagt sie genervt. „Das ist Jahre her. Außerdem war es ein Unfall. Du bist in Charlottes Wurflinie geraten.“

„In der Küche?“, rufe ich. „Die Dartscheibe hängt in ihrem Kinderzimmer. Zwei Stockwerke weiter oben!“

„Hing“, meint Mia, die plötzlich auch im Camper steht. Meine Schwester tut zwar immer total desinteressiert, aber verpassen will sie auch nichts.

„Hä?“, mache ich.

„Die Dartscheibe hing in ihrem Zimmer“, erklärt Mia. „Jetzt hängt da ein Boxsack.“

„Echt?“

Charlotte als Boxerin? Ich verziehe den Mund und kann ihre harte Linke schon fast fühlen ... Da prustet Mia los. Und ich muss zugeben: Der Scherz war nicht schlecht.

„Warum kann Charlotte denn nicht auf irgendeine Ferienfreizeit fahren?", versuche ich es ein letztes Mal. „Von der Kirche oder so? Das hat sie letztes Jahr doch auch gemacht."

Meine Mutter nickt, dann schüttelt sie den Kopf. Eine seltsame Mischung. Und dann sagt sie: „Die wollen sie nicht mehr mitnehmen."

„Wie, nicht mehr mitnehmen?"

„Es gab auf der letzten Reise wohl einen Zwischenfall."

„Lass mich raten. Mit einem Dartpfeil?"

Mia schmunzelt. Nur meine Mutter verzieht keine Miene.

„Wenn ich Onkel Paul richtig verstanden habe", murmelt sie, „dann ist irgendwas passiert ... beim Bogenschießen."

Ich lache los. Aber niemand lacht mit. Da dämmert mir, dass das zur Abwechslung mal kein Scherz gewesen ist. Verdammt. Ich sehe mich schon von Pfeilen durchbohrt in den Hollersee stürzen. Ein leckeres Häppchen für den Riesenwels. Eine Weile sagt keiner was. Dann hole ich tief Luft und sage: „Okay."

Meine Mutter schenkt mir ein Lächeln.

„Leon, das finde ich ganz toll von dir", sagt sie. „Ganz, ganz toll." Ich winke ab und gehe nach draußen. Da fällt mir dann prompt die Kinnlade runter: Charlotte sitzt wieder auf meinem Stuhl. Und mein Teller ist leer!

Ich auch! Stell dir vor, was uns sonst entgangen wäre.

7. Kapitel

Eine weitere Sache, die ich am Hollersee liebe: Nach dem Abendessen ist der Tag noch längst nicht vorbei. Üblicherweise treffen sich die Erwachsenen für ein, zwei Stündchen an Bertas Bar, während Emily, Jakub und ich am Beach-Volleyball-Feld abhängen. Nur, dass ich dieses Mal meine Cousine im Schlepptau habe.

„Leute, das ist Charlotte", stelle ich sie den anderen vor.

„Määäp!", macht sie im gleichen Moment super laut. Ich blicke meine Cousine irritiert an.

„Nicht Charlotte", ruft sie. „Sondern Charlie. Mit ie!"

Ich seufze.

„Charlie mit ie bleibt nur eine Woche", sage ich.

„Damit meine Eltern in Ruhe klären können, ob sie sich scheiden lassen sollen", ergänzt Charlie unnötigerweise. „Ich bin eindeutig dafür. Aber natürlich werde ich nicht gefragt."

Ich bin halt einfach ein netter Mensch.

Emily sieht Charlie mitfühlend an.

„Meine Eltern sind auch getrennt", sagt sie.

Mist! Das hatte ich ganz vergessen. Emilys Mitgefühl mit allem und jedem. Ich hatte ja gehofft, dass sie und Jakub von meinem Anhang genauso wenig begeistert sind wie ich. Dann hätten wir Charlie vielleicht manchmal abschütteln können. Das Gegenteil scheint der Fall zu sein: Emily steht auf und drückt Charlie fest. Und die denkt offenbar, dass das unsere übliche Begrüßung ist. Sie streckt ihre Arme aus, die auf einmal furchtbar lang sind, und schnappt sich Jakub und mich. Schon stecken wir in einer komplizierten Gruppenumarmung, in der ich kaum noch Luft kriege.

„Du hast da was im Ohr", stellt Charlie fest. Ich fasse mir an die Ohrmuschel. „Nicht du", sagt Charlie, die immer noch fest zudrückt. „Dein Freund!"

„Ähm", mache ich. Mehr fällt mir nicht ein. Dabei ist mir schon klar, was Charlie gesehen hat. Während ich noch rumdruckse, kommt Jakub mir zuvor.

„Das ist mein Hörgerät", sagt er.

„Du hast ein Hörgerät? Krass."

Endlich lässt Charlie uns los.

„Krass und sauteuer", sagt Jakub trocken.

Charlie starrt direkt in Jakubs Ohr. So konzentriert, als versuche sie, auf der anderen Seite wieder rauszugucken. Bestimmt fragt sie gleich, ob sie es auch mal einsetzen kann! Das ist mir so unangenehm, dass mein eigenes Ohr ganz heiß wird. Aber Jakub stört das nicht. Der lässt sie einfach glotzen. Nach einer halben Ewigkeit hat Charlie endlich genug.

„Wie heißt ihr eigentlich?", fragt sie.

„Ich bin Emily mit y", sagt Emily. „Und das ist Jakub mit u."

„Ah!", ruft Charlie. „Jetzt verstehe ich!"

Jakub sieht sie irritiert an.

„Jetzt verstehst du was?", fragt er.

„Na, Jakub mit u. Du bist nicht von hier. Deshalb redest du so komisch."

Schöne Abwechslung! Sonst werde ich das hier ja immer gefragt...

In dem Moment finde ich Charlie so peinlich, dass ich mich am liebsten in Luft auflösen würde.

Aber Jakub bleibt gelassen.

„Klar bin ich nicht von hier", sagt er. „Wie alle auf dem Platz. Sonst würde ich hier ja wohl kaum Ferien machen. Ich komme aus Hannover."

„Aus Hannover?", wiederholt Charlie. „Aber du hast doch einen Akzent!"

„Das ist mein Schwerhörigen-Akzent", sagt Jakub.

„Krass", sagt Charlie wieder.

Endlich fällt mir ein, womit ich das Thema wechseln kann. „Charlie war noch nie campen!", rufe ich. Eine völlig überflüssige Information: Dass Charlie zum ersten Mal auf einem Campingplatz ist, sieht man sofort. Ihre silbernen Sandalen haben einen Absatz!

„Ja", gibt Charlie mir recht. „Und ich kann es gar nicht erwarten, die ganzen Mücken und Zecken hier kennenzulernen."

Jakub und Emily lachen. Ich gucke sie böse an: Über Charlies Witze wird nicht gelacht!

„Und?", fragt Charlie. „Was macht man hier so?"

„Nichts Besonderes", sage ich schnell, bevor Jakub noch mit seinen Brettspielen anfängt. Zum Glück reisen er und sein Vater immer nur mit dem Rucksack an. Da passen nicht so viele Spiele rein.

„Wir streifen über den Platz und durch den Wald", sagt Emily. „Manchmal gehen wir zur Kiesgrube und bauen irgendwas. Oder wir radeln ins Dorf und essen Eis. Oft hängen wir auch einfach nur am See ab. Gucken nach den Enten und Fischen. Reden. Schippern mit Jakubs Boot raus. Oder wir schwimmen."

„Schwimmen!“ Charlie springt auf. „Lasst uns schwimmen gehen!“

„Jetzt noch?“, frage ich. Das habe ich am ersten Tag noch nie gemacht.

„Klar, jetzt noch!“, ruft Charlie. Sie rennt quer über das Spielfeld in Richtung See. Wir blicken ihr irritiert hinterher.

„Deine Cousine hat echt Dampf drauf“, sagt Jakub. Und dann macht er doch tatsächlich Anstalten, ihr hinterherzulaufen. Da bleibt Emily und mir leider auch nichts anderes übrig: Wir schlurfen Richtung See.

Als wir am Ufer ankommen, rennt Charlie gerade über den Steg nach vorn. Hier bremst sie abrupt ab, offenbar ist ihr gerade noch rechtzeitig eingefallen, dass sie eine Brille trägt. Die legt sie auf den Steg. Sie schlüpft aus ihren Sandalen. Und dann, ohne auch nur eine weitere Sekunde zu zögern, springt Charlie ins Wasser. In ihrem getupften Kleidchen. Mit dem Hintern voran.

8. Kapitel

Ich gebe zu, die Fontäne ist unglaublich. Sogar wir kriegen ein paar Spritzer ab – dabei sind wir meilenweit entfernt.

„Zehn Punkte!", ruft Jakub, als Charlie prustend wieder auftaucht. Zu mir sagt er etwas leiser, aber nicht weniger anerkennend: „Die ist verrückt."

Dem kann ich nur zustimmen.

Doch damit nicht genug. Jetzt winkt uns meine verrückte Cousine auch noch zu sich ins Wasser. Ich schüttle den Kopf. Meine Badesachen sind im Camper.

„Kommt schon!", ruft Charlie. „Der See möchte euch umarmen. Wer als Erstes bei der Insel ist!"

„Das ist Naturschutzgebiet!", rufe ich.

Emily lacht nur. Aber Jakub zieht sich doch tatsächlich sein Shirt über den Kopf.

Als Nächstes nimmt er seine Hörgeräte aus den Ohren und packt sie in die wasserfeste Box,

die er sich um den Hals hängen kann. Dann schlüpft er aus seiner Hose, jetzt steht er nur noch in Boxershorts da.

„Dann mal los", murmelt Jakub, rennt nach vorn zum Wasser und legt eine gekonnte Arschbombe hin. Aus dem Augenwinkel sehe ich, dass auch Emily ihre Latzhose ausgezogen hat.* Kurz darauf verschwindet sie mit einem eleganten*2 Köpper im See. Zusammen schwimmen die drei weit hinaus.

*Ähm, könntest du bitte erwähnen, dass ich einen Badeanzug trage?!

*2 Das wiederum gefällt mir.

Eine Weile sitze ich einfach nur da und denke nach. Ich überlege, was ich tun soll. Ich habe keine Lust zu schwimmen. Aber noch weniger Lust habe ich, mich von den anderen abhängen zu lassen. Bislang war meine größte Befürchtung, dass aus unserer Dreier-Crew eine Vierer-Crew wird. Aber wenn es so weitergeht, bleibt es bei der Dreier-Crew. Zu der ich nicht mehr gehöre.

Entschlossen reiße ich mir mein Shirt vom Leib. Dann schlüpfe ich aus meiner Hose und es ist mir fast total egal, dass ich diese lächerlich kleine Unterhose trage. Ich rase Richtung Wasser, als wäre ein Schwarm Bienen hinter mir her. Klar, dass ich dabei umknicke. Klar, dass ich nicht vom Steg springe, sondern falle. Und auch klar, dass mir sofort fünf Liter Wasser in die Nase schießen. Aber wenigstens bin ich drin.

Das nennt man wohl Gruppenzwang, denke ich mir, während ich langsam nach oben treibe. Dabei entspanne ich mich – endlich. Ich merke, wie sehr mir der Hollersee gefehlt hat. Wie sehr ich das kühle, klare Wasser mag, das mich ganz leicht macht und kein bisschen nach Chlor riecht. Ich könnte ewig hier unter Wasser bleiben. Eigentlich tauche ich nur auf, weil ich Luft holen muss. Kaum bin ich an der Oberfläche, legen sich zwei Hände auf meine Schultern. Bevor ich „Blubb“ machen kann, werde ich wieder in die Tiefe gedrückt. Charlie! Wer sonst? Die anderen wissen, wie panisch ich werde, wenn man mich tunkt. Ich mache viel mit. Aber man darf mich nicht tunken! Ich schlucke Wasser, strample. Irgendwie gelingt es mir, mich freizukämpfen. Ich tauche nach oben und hole tief Luft. Dann brülle ich los: „Ich hasse dich! Ich hasse dich und deine Scheißeltern. Ihr versaut meine Ferien!“

Stimmt. sondern nach Entenkacke.

Charlie sieht mich entgeistert an. Emily und Jakub sind genauso sprachlos. Zugegeben, vielleicht habe ich ein kleines bisschen überreagiert. Vielleicht hat Charlie mich gar nicht so lange unter Wasser gedrückt, wie es sich angefühlt hat. Vielleicht war es keine Ewigkeit. Sondern nur der Bruchteil einer Sekunde. Trotzdem. Ich mache, dass ich so schnell wie möglich zum Ufer komme. Zwar kann ich nicht so gut kraulen wie Jakub. Aber Brustschwimmen krieg ich hin! Ich will nur noch eins: zurück in den Camper, mich in den Alkoven werfen, den Vorhang zuziehen und nichts mehr hören. Von nichts und niemandem. Wutschnaubend ziehe ich mich an der Leiter aus dem Wasser und laufe über den Steg.

Irgendwo an der Seite im Sand müssen meine Klamotten liegen. Doch ich kann sie nicht finden. Sie sind nicht mehr da. Auch Emilys Latzhose und Jakubs Zeug sind weg. Einfach weg. Wie verdammt noch mal ist das passiert?

Ich spüre die Blicke der anderen. Vom Wasser aus können sie natürlich nicht sehen, was los ist. Und Charlie blickt ohne ihre Brille wahrscheinlich sowieso nichts. Ich kratze mich am Kopf und gehe meine Optionen durch.

Möglichkeit Nummer 1: Ich marschiere ebenso beleidigt wie triefnass in meinem Minislip über den Platz und trage zur Erheiterung der anderen

Urlauber bei. Die bekanntermaßen nichts Besseres zu tun haben, als vor ihrem Camper zu sitzen und in der Gegend herumzuglotzen.

Möglichkeit Nummer 2: Ich verbünde mich mit den anderen, die immerhin das gleiche Problem haben. Dann suchen und – dieser letzte Teil ist entscheidend – finden wir unsere Klamotten.

Ich zögere nicht lange. Acht Augen sehen bekanntlich mehr als zwei.

9. Kapitel

Schlotternd stehen wir am Ufer.

„Das mit den Klamotten geht ja noch“, findet Emily. „Aber was ist mit unseren Handys?“

„Vielleicht haben wir uns woanders ausgezogen?“, fragt Jakub matt, scheint aber nicht mal selbst dran zu glauben.

Ich schüttle den Kopf. „Da sind doch noch unsere Abdrücke!“

Ich deute auf den Sand. In dem Moment fällt mir etwas auf: Es sind zu viele Spuren. Wir sind zu viert, das macht vier Paar Füße. Aber da sind noch mehr ... und woher kommt der lang gezogene Streifen?

„Von einer Schlange?“, fragt Charlie.

Ich werfe ihr einen genervten Blick zu.

„Ja, natürlich“, sage ich sarkastisch. „Eine Schlange hat unsere Klamotten geklaut. Und jetzt macht sie eine Modenschau für ihre Schlangenfreunde.“

Ich atme tief durch.

„Das ist eine Fahrradspur“, meint Jakub. „Man erkennt das Profil der Reifen.“

Stimmt! Wir beschließen, der Spur zu folgen. So, wie wir sind. Nass und halb nackt. Etwas Besseres fällt uns nicht ein. Die Spur führt uns weiter am Seeufer entlang, wir verlassen den Campingplatz und kommen zu der großen Wiese. Im Gras verlieren sich die Abdrücke logischerweise. Pech.

Ratlos gucken wir uns um.

Nicht weit entfernt kicken sich ein Mädchen und ein Junge einen Ball zu. Als sie uns sehen, brechen sie ab. Weil man sich eben entscheiden muss: Ball spielen oder lachen. Sie haben sich eindeutig für Letzteres entschieden. Ehrlich gesagt, mich wundert es nicht. Wir sind Witzfiguren.

„Einfach ignorieren“, murmelt Emily. Ich finde auch, das ist das Beste. Und Jakub lässt sich sowieso nicht so schnell aus der Ruhe bringen.

Aber wenn es passiert, sollte man in Deckung gehen.

„Meine Damen und Herren, wir präsentieren: die neueste Bademode!“, ruft das Mädchen. Sie trägt ihre blonden Haare auf dem Kopf wie eine schiefe Palme.

„Diese Touris schämen sich echt für nix!“

Der Junge, an dem alles lang und schmal ist, schüttelt den Kopf. „Die einen laufen in heißer

Unterwäsche rum. Die anderen im Miss-Piggy-Outfit." Jetzt weiß ich auch, woran mich Charlies Kleid die ganze Zeit erinnert hat.

„Mal ernsthaft", sagt das Mädchen. „Was bitte ist mit euch passiert?"

„Die Frage ist eher, was gleich mit euch passiert!", ruft Charlie zurück. „Mein Cousin hier kann Kung-Fu!" Die Dorfkinder stutzen kurz, dann lachen sie noch lauter. Wahrscheinlich haben sie meinen erschrockenen Blick gesehen.

„Bist du wahnsinnig", zische ich Charlie zu.

„Entspann dich", sagt sie nur. „Wir sind doch in der Überzahl."

„Aber die sind älter als wir! Außerdem kann ich kein Kung-Fu! Was redest du da überhaupt?"

Charlie zuckt mit den Schultern.

„Dann solltest du es vielleicht lernen. Ein so klein geratener Junge wie du kann das in seinem Leben bestimmt gut gebrauchen."

Was soll das denn jetzt heißen? Ich bin nicht klein, sondern fast Durchschnitt. Was kann ich dafür, dass meine Familienmitglieder verdammte Riesen sind?

„Hey, Leute, guckt mal hier!"

Ich drehe den Kopf. Jakub, für den der Wortwechsel wahrscheinlich zu schnell und durcheinander war, hat sich ein bisschen von uns entfernt. Er steht vor einem der vielen Holunderbüsche, die hier überall wachsen. Will er uns auf die schönen Blüten aufmerksam machen oder was? Jakub pflückt etwas von einem Zweig. Aber das ist keine Blüte. Es ist ein T-Shirt. Mein T-Shirt! Und da ist auch der Rest unserer Klamotten – als hätte sie jemand zum Trocknen aufgehängt.

„Was habt ihr denn da?", fragt der Junge aus dem Dorf neugierig und kommt ein paar Schritte näher. Lächelnd schiebt er sich einen Kaugummi in den Mund. Der Streit scheint vergessen.

„Unsere Klamotten", sage ich. „Die hat jemand geklaut, als wir schwimmen waren."

„Echt?", fragt das Mädchen mit der Palme auf dem Kopf. „Super fies." Sie wirft ihrem Freund einen Blick zu. „Du, da war doch vorhin dieser Typ?"

Der Junge kaut angestrengt auf seinem Kaugummi herum.

„Welcher Typ?"

Das Mädchen zieht die Augenbrauen nach oben.

„Na, der mit dem Vollbart und den langen Haaren. Der hier rumgelungert hat."

„Ach, du meinst den mit dem Fahrrad." Ein Lächeln schleicht sich auf sein Gesicht.

Fahrrad. Damit haben sie unsere volle Aufmerksamkeit.

„Vielleicht hat der eure Klamotten weggenommen?" Das Mädchen zuckt mit den Schultern. „Der kam mir gleich merkwürdig vor. Falls ihr ihn suchen wollt: Der ist in Richtung Bahngleise gegangen."

Zu den Bahngleisen dürfen wir nicht. Zu gefährlich. Das ist so was wie die einzige Regel, auf die unsere Eltern bestehen. Also, von der Sonnencreme mal abgesehen.

Emily winkt ab. „Ist nicht so wichtig. Wir haben unsere Sachen wieder und sonst ist ja nix passiert."

Stimmt. Sogar die Handys sind noch da, wo sie hingehören. Da zieht Emily eine schwarz glänzende Feder aus einer ihrer vielen Taschen.

„Komisch, an die kann ich mich gar nicht erinnern", murmelt sie.

Also, ich finde das gar nicht komisch! Emilys Taschen sind kleine Wunderkammern, ständig findet sie Dinge, aus denen sie etwas basteln will, und steckt sie ein. Trotzdem macht mir die Feder ein ungutes Gefühl. Die kann nur von einem Raben sein. Noch so ein Unglücksbote.

Jakub, der meinen besorgten Gesichtsausdruck sieht, findet, dass ich mich locker machen soll. „Das Ganze war ein Streich“, sagt er. „Schlecht, aber harmlos.“

Charlie ist nicht ganz so entspannt. Den ganzen Rückweg über hüpft sie neben mir auf und ab. Sie will uns davon überzeugen, dass wir den „Übeltäter“ aufspüren müssen. „Dann wird uns hier auch nicht langweilig.“

Irgendwie werde ich das Gefühl nicht los, dass uns ohne Charlie die Sache mit den geklauten Klamotten erspart geblieben wäre. Auch wenn es natürlich völlig unlogisch ist. Fest steht, ich kann es kaum erwarten, dass sie wieder weg ist. Dann fangen meine Ferien erst so richtig an.

„Hatcha!“, ruft Charlie und kickt neben mir in die Luft.

Sie ist dazu übergegangen, selbst erfundene Kampfsport-Tricks vorzuführen. Die sie mir übrigens gerne beibringt und zwar für umme. Aber ich brauche keine Nachhilfe in Sachen Selbstverteidigung. Was ich heute noch brauche, ist meine Ruhe. Und sonst nichts.

10. Kapitel

Zurück im Hollercamp winkt Mia mich zu sich.

„Komm mit“, zischt sie. „Wir müssen was besprechen.“

Da bin ich natürlich sofort dabei. Garantiert hat Mia einen Plan ausgearbeitet, wie wir unsere Cousine vorzeitig loswerden. Wir laufen über den Platz zu ihrem Zelt.

In der Dämmerung erwacht das Hollercamp zu neuem Leben.

Es ist ein einziges Gewusel. Es werden Frisbees geworfen und Federbälle geschlagen, es wird gelacht, gequatscht, man besucht sich hin und her und her und hin und verabredet sich für den nächsten Tag.

Es ist das erste Mal, dass Mias Zelt dort steht, wo auch die anderen Zelte aufgebaut sind. Schön weit weg von uns. Bislang haben meine Eltern immer darauf bestanden, dass Mia es direkt neben unserem Camper aufschlägt. Doch das war ihr natürlich peinlich.

In ihrem Zelt angekommen, kramt Mia einen Schokoriegel hervor und teilt ihn schwesterlich mit mir. Mit einem wohligen Seufzer lasse ich mich auf den Rücken fallen und beiße einen Happen ab. „Große Schwestern sind großartig", will ich gerade sagen, da fragt Mia mich mit strenger Stimme, was zur Hölle eigentlich mein Problem ist.

Ich verschlucke mich an meinem Riegel.

„Ähm, was?", bringe ich heraus. Verdattert sehe ich meine nicht mehr ganz so großartige Schwester an.

„Ich will wissen, was dein Problem ist!", wiederholt Mia ungeduldig.

Ehrlich gesagt: Bis vor fünf Sekunden hatte ich keines. Da ging es mir gut. Mit einem weichen Schlafsack im Rücken und leckerem Schoko-Karamell im Mund.

Mia stöhnt.

„Seit Charlie hier ist, rennst du mit einem Gesicht rum, von dem die ganze Welt schlechte Laune kriegt."

Mia zieht ihre Mundwinkel übertrieben weit nach unten.

„Wir haben es verstanden: Du hast keinen Bock auf Charlie. Aber weißt du was? Sie ist jetzt hier und du kannst es nicht ändern. Also, akzeptiere es und mach das Beste daraus!" Sie holt Luft, dann geht es weiter: „Man weiß nie, was die Zukunft bringt. Es könnte gut sein, dass das unser letzter Urlaub am Hollersee ist."

„Was?", rufe ich.

Mia zuckt mit den Schultern. „Wer weiß schon, was passiert. Vielleicht gewinnen unsere Eltern im Lotto und wir fliegen nur noch nach Hawaii. Vielleicht macht Berta das Hollercamp zu. Vielleicht bekommst du einen Blinddarmdurchbruch und verbringst die Sommerferien im Krankenhaus ... Ich schicke dir dann eine Karte."

Da habe ich genug. So was Bescheuertes sollte man gar nicht erst aussprechen! Sonst wird es noch wahr!

„Du bist ein Idiot", sage ich, schnappe mir Mias Schokoriegelhälfte und verschwinde aus ihrem verdammten Zelt.

„Wenn, dann ja wohl eine Idiotin!“, ruft Mia mir hinterher.

Die spinnt. Die spinnt total. Was sollte das denn eben? Mia ist doch diejenige, die meistens schlecht gelaunt ist. Ich verfluche sie den ganzen Weg zurück zum Camper.

Ein Stück weiter vorn auf dem Weg kann ich meine Mutter und Charlie ausmachen. Jede mit einem Waschbeutel unter dem Arm; bestimmt waren sie gerade Zähneputzen. Charlie sagt irgendwas, woraufhin meine Mutter schallend lacht. Beide sehen verdammt fröhlich aus. In meinem Magen ziept es. Ich überlege, ob meine idiotische Schwester vielleicht doch recht haben könnte. Zumindest ein klitzekleines bisschen. Es ist wirklich bescheuert, hier und jetzt schlecht drauf zu sein. Fakt ist: Der Urlaub hat begonnen. Mit Charlie.

11. Kapitel

„Guten Morgähn!“

Es ist Charlie, die mich weckt. Klar. Doch merkwürdigerweise stört es mich nicht. Vielleicht, weil sie nicht einfach so den Vorhang zu meinem Alkoven aufzieht. Sondern brav dahinter wartet.

„Leon, bist du schon wach?“, fragt Charlie. „Natürlich bist du schon wach. Komm raus! Die Sonne scheint.“

Das stimmt. Es ist ein Tag wie im Hochsommer! Das bemerke ich sogar in meiner Höhle unter dem Camperdach. Durch die Vorhangritzen fällt helles Licht, das leuchtende Streifen auf meiner Bettdecke hinterlässt. Mein Magen knurrt.

Ich taste nach dem Vorhang und ziehe ihn auf.

„Wie du aussiehst! Deine Haare!“

Das sagt die Richtige: Charlie hat sich einen Zopf geflochten und quer über den Kopf gewickelt. Dazu trägt sie einen eigenwilligen Glitzerhaarreif.

Charlie grinst. Ehe ich mich versehe, zückt sie ihr Handy. Klick, schon hat sie ein Foto von meinem verschlafenen Ich gespeichert.

„Was willst du damit?", frage ich argwöhnisch. Charlies Grinsen wird breiter.

„Dich erpressen, natürlich. Entweder, du besorgst uns ein leckeres Frühstück oder ich zeige das Foto Emily."

Emily? Jetzt mal ehrlich: Nichts könnte mich weniger stören. Emily kennt längst alle Leon-Versionen, die es gibt. Verstrubbelte Haare? Müder Blick? Alles kein Problem. Erst recht nicht, nachdem ich erst gestern vor ihren Augen in meinem Unterhöschen herumgewatschelt bin.

Hab schon Schlimmeres gesehen.

Und das sage ich Charlie auch.

„Oh", macht sie. „Ich dachte, du wärst in Emily verknallt."

„Hä? Wieso denn das?"

Ich bin sprachlos, aber Charlie zuckt nur mit den Schultern.

„Egal. Vergiss es. Kommt vielleicht noch. Jungs hängen in gewissen Dingen ja hinterher."

Okaaaay. Damit wäre ja wohl eindeutig bewiesen, dass deine Cousine nicht mehr alle hat.

„Äh - was?"

Charlie zuckt mit den Schultern.

„Genau das meine ich." Sie deutet zur Tür. „Also, holen wir jetzt zusammen Frühstück? Deine Eltern haben gesagt, im Lädchen gibt es Brötchen."

Das Lädchen war früher wirklich nur ein Lädchen: In einem kleinen Raum wurde alles verkauft, was für Camper überlebenswichtig ist: Nudeln, vorgeschnittenes Brot, riesige Gläser Nuss-Nougat-Creme, Batterien – und Mückenspray. Aber mit dem Hollercamp ist auch das Lädchen gewachsen. Jetzt ist es fast schon ein Supermarkt, in dem in der Hauptsaison sogar ein paar Leute aus dem Dorf arbeiten, weil es so viel zu tun gibt. Aber wir sagen eben immer noch „Lädchen" – weil wir Stammgäste quasi von Anfang an dabei waren.

Berta sitzt hinter der Theke und löst Sudoku. Als wir reinkommen, sieht sie nicht einmal auf. So konzentriert ist sie auf das Zahlenrätsel.

„Gibt's schon Brötchen?", frage ich.

„Auch euch einen schönen guten Morgen", motzt Berta und schiebt ihr Käppi zurück. Dann deutet sie auf den gefüllten Korb an ihrer Seite. „Weizen oder Dinkel?"

„Dinkel", sagt Charlie bestimmt.

Ich werfe ihr einen anerkennenden Blick zu. „Woher weißt du das?“

„Hast du euch mal angeguckt?“, fragt Charlie zurück. „Das sieht doch jeder, dass ihr eine Dinkelfamilie seid.“

Berta nickt mitleidig.

Als wir bezahlen, will Charlie wissen, ob Berta ihre Katze wiedergefunden hat.

„Ein Glück, ja!“, ruft sie. „Stell dir vor: Cécilchen war im Schuppen. Weiß Gott, wer die da eingesperrt hat. Würde mich nicht wundern, wenn das dieser Herumtreiber war –“

Sie bricht ab.

„Welcher Herumtreiber?“, frage ich. Dabei weiß ich natürlich genau, dass sie den geheimnisvollen Fremden meint.

„Sagt mal, radelt ihr Kinder heute ins Dorf?“

Das nenn ich mal einen abrupten Themenwechsel.

Ich zucke mit den Schultern. Keine Ahnung, was wir heute machen. Erst mal gibt’s Dinkelbrötchen mit Nuss-Nougat-Creme.

„Mir sind im Lädchen Mückenspray und Sonnencreme ausgegangen“, setzt Berta zu einer Erklärung an. „Zum Großhandel in die Stadt komme ich so schnell nicht. Ich muss also beides hier in der

Apotheke besorgen. Aber heute kommen zehn neue Familien an – und ich weiß nicht wann."

Ich mache noch „Äh", da ruft Charlie schon: „Wir übernehmen das!"

„Ja, würdet ihr das tun?" Berta lächelt. Eine lächelnde Berta. Mit richtigen Grübchen. Das wäre mal ein Foto wert. Voll die Sensation!

„Kein Problem!", versichert Charlie. „Oder, Leon? Ich will sowieso unbedingt mal ins Dorf."

Ich spüre, wie meine gute Laune sinkt. Eigentlich überlegen Emily, Jakub und ich immer gemeinsam, was wir unternehmen. Aber dann erinnere ich mich an Mias Worte. Und eigentlich ist ein Ausflug ins Dorf gar keine schlechte Idee. Da gibt es eine verdammt gute Eisdiele: das Valentino. Dem könnten wir direkt einen Besuch abstatten. Da sind Emily und Jakub garantiert dabei.

„Ja", sage ich also. „Kein Problem. Können wir machen."

„Toll", sagt Berta. „Das finde ich wirklich toll! Holt mir zehnmal das Spray und zehnmal die Sonnencreme!" Berta steckt Charlie einen Geldschein zu. Und mir drückt sie ein weiches weißes Brötchen in die Hand. 1000 % Weizen.

„Damit er mal was Ordentliches zwischen die Zähne kriegt“, sagt Berta und zwinkert Charlie zu.

Zum Frühstück bequemt sich sogar Mia an den gedeckten Tisch. Komisch, ich war fest davon ausgegangen, dass meine Schwester bis mittags schläft. Aber so eine Isomatte scheint auch Langschläfer in frühe Vögel zu verwandeln – in ausgesprochen schlecht gelaunte Vögel allerdings.

„Mein Rücken tut weh“, mault Mia und schnappt sich ein Brötchen. „Das ist doch kein Urlaub!“

In dem Moment würde ich Mia am liebsten ihren eigenen Vortrag halten. Von wegen: Mach das Beste aus der Situation! Schließlich weiß man nie, was passiert. Nichts ist perfekt, blabla. Doch mein Vater kommt mir zuvor.

„Wenn ich mich richtig erinnere, wolltest du im Zelt schlafen“, sagt er.

„Ja! Weil ich Privatsphäre brauche. Aber mein Rücken braucht auch eine schmerzfreie Lagerung in der Nacht.“ Mia seufzt. „Ihr könnt mir aus der Apotheke gleich was gegen Rückenschmerzen mitbringen. Ein Wärmekissen oder so.“

„Jetzt übertreib mal nicht“, sagt meine Mutter.

„Ich zeig dir nach dem Frühstück ein paar einfache Asanas."

„Sprich nicht Yoga mit mir", protestiert Mia. „Und ich mach hier garantiert nicht den Hund."

„Was ist denn der Hund?", fragt Charlie neugierig.

„So eine Yogaübung, bei der man seinen Hintern in die Luft streckt", erklärt Mia und schüttelt den Kopf. „Total pervers ... Apropos, habt ihr auch schon von diesem Herumtreiber gehört? Ich frage mich, ob das ein Spanner ist."

Meine Mutter lässt das Buttermesser sinken.

„Ein ... Spanner?", fragt sie besorgt.

Mia zuckt mit den Schultern. „Keine Ahnung. Der Typ streift halt so durch die Gegend. Angeblich immer barfuß."

„Barfuß?", wiederholt meine Mutter.

„Ja, seltsam, oder? Muss echt wehtun, bei den vielen Kienäpfeln hier überall."

„Hier?", ruft meine Mutter. „Du meinst, der Kerl ist auch im Hollercamp?"

Mia zuckt wieder mit den Schultern und beißt unbekümmert in ihr Brötchen.

„Wo auch immer. Meinen in die Luft gestreckten Hintern kriegt der jedenfalls nicht zu sehen."

12. Kapitel

Wir sausen auf unseren Rädern durch den Kiefernwald. Es ist eine unausgesprochene Regel, dass man auf dem schmalen Weg so richtig Gas geben muss.

„Aus dem Weg, Wildschweine!", ruft Jakub und prescht voran.

Er ist der Schnellste von uns. Wenn man ihn so sieht, kann man nicht glauben, dass er erst ziemlich spät Radfahren gelernt hat. Da Charlie die Einzige ohne eigenes Rad ist, hat sie sich den klapprigen Drahtesel von Emilys Oma geliehen. Er macht Geräusche, als würde er jeden Moment auseinanderfallen. Doch Charlie gefällt er.

Der Weg schlängelt sich einen kleinen Hügel hinauf. Auf der anderen Seite geht es wieder abwärts. Da passiert es: Als ich gerade so richtig Tempo draufhabe, springt ein riesiges graues Ungeheuer aus dem Gebüsch. Es landet auf dem Weg direkt vor mir – und steht da wie gelähmt.

„Achtung!", rufe ich und steige auf die Bremse. Zu spät: Es haut mich vom Sattel. Ich fliege über den Lenker. Einen Moment lang liege ich einfach nur da, auf dem kühlen Waldboden. Aufgeregte Ameisen wuseln an mir vorbei.

„Leon, alles okay?" Emily, die neben mir gehalten hat, sieht mich besorgt an. „Tut dir was weh?"

Ich blinzle ein paarmal. Die grünen Baumwipfel über mir sind wunderschön. Alles ist friedlich. Ich lächle. Da beugt sich Charlie über mich.

„Hab schon so was erwartet", murmle ich. „Vorhin saß ein Rabe auf meinem Lenker. Die bringen Unglück."

„Der hat hier oben was abgekriegt", sagt Charlie entschieden und tippt sich an den Kopf. „Ich mach mal 'ne Beatmung."

„Untersteh dich!"

Nichts bringt mich schneller auf die Beine als diese Drohung! Ich klopfe mir den Dreck von den Beinen und sehe mich um. Das Ungeheuer ist verschwunden.

„Da war plötzlich so ein Tier auf dem Weg", versuche ich, meinen Sturz zu erklären.

„Echt lieb, dass du für einen Käfer gleich so eine Bruchlandung hinlegst. Oder was war es sonst?“, fragt Emily ehrlich interessiert. Nebenbei checkt sie, ob mit meinem Rad noch alles in Ordnung ist.

Ich schüttle unwirsch den Kopf.

„Habt ihr das nicht gesehen? Das Vieh war riesig. Eher wie ein –“

„Wolf!“, schallt in genau dem Moment eine tiefe Stimme aus dem Wald. Verdutzt sehen wir uns an. Ich nicke. Ja, genau. Das Tier sah aus wie ein Wolf.

„Wolf! Hierher!“ Ein lautes Pfeifen ist zu hören. Und da ist das Tier auch wieder: Es springt links von uns aus dem Gebüsch. Ohne uns zu beachten, verschwindet es mit einem großen Satz auf der anderen Seite wieder im Wald.

„Braves Kerlchen!“

Es dauert nicht lange und ein Mann tritt auf den Weg. An seiner Seite: der Wolf. Der bei genauerem Hinsehen möglicherweise doch ein harmloser, zotteliger Mischlingshund ist.

„Alles in Ordnung bei euch?“, fragt der Mann besorgt.

Ich nicke matt. Eigentlich war der Schreck das Schlimmste, ich hab ja nicht einmal eine richtige Schürfwunde.

So unauffällig wie möglich mustere ich den Mann. Er sieht echt ungewöhnlich aus – zumindest im Vergleich zu den üblichen Erwachsenen. Ich schätze ihn auf Anfang dreißig. Auf dem Kopf trägt er einen nachlässig zusammengebundenen Dutt und im Gesicht einen beeindruckenden Vollbart. Außerdem hat er einen schicken gestreiften Anzug an. Nicht gerade das Standard-Outfit für einen Waldspaziergang. Weil mein Opa immer sagt, dass man an den Schuhen den wahren Charakter eines Menschen erkennt, senke ich den Blick. Das Problem ist nur: Der Mann ist barfuß. Er muss also der Fremde sein, von dem alle sprechen!

„Es tut mir wirklich leid", sagt er jetzt. „Wolf hat einen Hasen gesehen. Da ist er durchgedreht." Der Mann krault den Hund am Hals. „Nicht wahr, Wölfchen? Ich kann einfach keinen Vegetarier aus dir machen."

„Schon okay", murmle ich nur und steige wieder auf mein Rad. Wir müssen Jakub einholen, der von dem Zwischenfall nichts mitbekommen hat. Außerdem brauche ich nach dem Schock wirklich dringend ein Eis.

Eine letzte Kurve und dann sind wir auch schon im Dorf angekommen. Es besteht aus schnuckeligen Fachwerkhäusern, die sich um einen sonnigen Marktplatz reihen. Sonst gibt es hier übrigens nichts – außer einem Gasthof, einer Bäckerei, einer Eisdiele – und der Apotheke.

Genau die peilen wir als Erstes an. Auf keinen Fall dürfen wir Bertas Bestellung vergessen. Die kommt in den Korb an Charlies Fahrrad. Dann schieben wir unsere Räder zur Eisdiele, wo wir sie neben den Hagebuttensträuchern an die Hauswand lehnen. Das Valentino ist total abgefahren: Alle Wände sind verspiegelt, dadurch sieht man sich selbst gleich mehrfach. Deshalb sitzen wir auch am liebsten drinnen, an unserem Stammplatz in der hintersten Ecke. Da ist es selbst im Hochsommer angenehm kühl.

„Wie immer“, bestelle ich selbstbewusst.

Die Kellnerin guckt mich ratlos an.

„Wie letztes Jahr“, versuche ich es anders.

Der gleiche ratlose Blick.

„Das sind Touris“, ruft in dem Moment eine Stimme von der Theke. Ich drehe den Kopf: Da steht das Mädchen von der Fußballwiese. Ich hätte sie fast nicht erkannt, weil ihre Haarpalme unter einem orangefarbenen Helm steckt. An den Füßen trägt sie glänzende Inlineskates.

„Ach so“, sagt die Kellnerin. Sie wendet sich mir wieder zu. „Du, ich kann mich leider nicht mehr erinnern. Was habt ihr denn immer bestellt?“

„Zwei Kugeln für jeden“, antwortet Emily. „Vanille und Schokolade. Mit Sahne.“

„Natürlich!“ Die Kellnerin tippt sich an die Stirn. „Jetzt weiß ich es auch wieder. Ihr wolltet es immer ganz ausgefallen.“

Das ist ironisch gemeint – das Mädchen an der Theke lacht auch prompt. Und wird frecherweise vor uns bedient. Mit mehreren Waffeln in der Hand verlässt sie die Eisdiele.

Aber ich ärgere mich nicht weiter, denn das Eis schmeckt fantastisch. Schoko-Vanille ist einfach eine super Kombination. Während wir unser Eis löffeln, besprechen wir die Begegnung von vorhin.

„Ich glaube nicht, dass der wirklich im Wald lebt", sage ich. „Habt ihr seine Fußnägel gesehen? Die waren total gepflegt."

„Meiner Meinung nach spielt es gar keine Rolle, ob der Typ im Wald lebt oder nicht", findet Jakub. „Seltsam ist er so oder so. Verdammt seltsam."

Und das ist ein Punkt, in dem wir uns alle einig sind.

Äh nein. WIR haben ja nicht auf dem Boden gelegen!

Auf dem Weg nach draußen schlägt Jakub vor, dass wir später auf dem Campingplatz eine Runde *Cluedo* spielen. *Cluedo!* Auch wenn man dabei einen Kriminalfall lösen muss, ist das Spiel meiner Meinung nach total langweilig.

Jakub scheint uns die mangelnde Begeisterung anzusehen.

„Oder *Malefiz?"*

„Äh", mache ich und versuche krampfhaft, mir eine Ausrede einfallen zu lassen. Das ist gar nicht so einfach, weil Jakub immer merkt, wenn man lügt. Der versteht was von Körpersprache und Mimik und so. Da zupft Charlie an meinem Ärmel.

„George ist weg", sagt sie.

„Was? Wer?“, fragt Jakub irritiert. Auch ich verstehe nur Bahnhof.

„George“, wiederholt Charlie. „Mein Rad – ich meine, Mabels Rad ist weg. Samt unseren Einkäufen für Berta!“

„Moment. Du hast dem Fahrrad einen Namen gegeben?“, fragt Emily sichtlich beeindruckt.

Charlie nickt nur, als sei das total selbstverständlich.

Ich könnte jetzt viel dazu sagen. Etwa, dass das nichts Besonderes ist. Nicht bei meiner Cousine! Die hat früher alles und jedem Namen gegeben. Sogar ihrer Türklinke. Ich glaube, das war Betti. Ist auch egal. Denn es stimmt schon. Vor der Eisdiele stehen nur noch drei Fahrräder: Emilys, Jakubs und meins. Was verflucht ist da passiert?

13. Kapitel

Es ergibt absolut keinen Sinn, dass ausgerechnet das alte Klapperrad verschwunden ist.

„Ich hätte auf jeden Fall mein Rad geklaut", gibt Emily zu. Stimmt, ihr Mountainbike mit den 21 Gängen und der silbernen Lackierung ist der absolute Hit. Doch der Dieb war eindeutig anderer Meinung.

Charlie will sofort losziehen und Anzeige erstatten.

„Äh und wo?", frage ich.

„Wo wohl? Bei der Polizei!"

„Hier gibt es keine Polizei."

Charlie macht große Augen. „Echt jetzt?"

„Echt jetzt."

„Die entscheidende Frage ist doch, wie wir wieder nach Hause kommen", findet Emily.

„Du hast in deinen Taschen doch bestimmt irgendwas, woraus du mal eben schnell ein Fahrrad basteln kannst", sagt Jakub.

„Haha“, macht Emily nur.

„Ich hab eine bessere Idee“, sagt Charlie und macht eine kleine Kunstpause. „Wir treiben das Rad wieder auf!“

Sie blickt Jakub herausfordernd an. „Du spielst doch gern *Cluedo?* Das hier ist besser. Ein echter Kriminalfall! Überlegt mal: Wie lange waren wir in der Eisdiele? Höchstens zehn Minuten. Das Tatzeitfenster ist super eng. Und in diesem Kaff gibt es nur wenige Verdächtige. Wenn ihr nicht mitzieht, mach ich es allein.“

Und das glaube ich ihr sofort. Unmöglich kann ich Chaos-Charlie hier allein auf Spurensuche gehen lassen. Wer weiß, was ihr dabei alles so einfällt.

„Ich bin dabei“, sage ich also. Da nicken auch die anderen beiden. Klar, die Hollercamp-Crew hält zusammen.

Wir teilen uns in zwei Gruppen auf: Emily und ich durchkämmen den einen Teil des Dorfs, Jakub und Charlie den anderen.

Es ist eine total langweilige Angelegenheit. Wir latschen durch jede Straße, durch jedes verdammte Gässchen ... und finden: nichts. Absolut nichts. Uns begegnet auch niemand. Bis auf zwei rothaarige

Kinder auf Skateboards. Ehe wir sie fragen können, ob sie ein altes Rad namens George gesehen haben, sind sie schon in einem Hauseingang verschwunden. Es dauert nicht lange und Emily stöhnt, dass sie noch ein Eis braucht. Zur Stärkung.

Ehrlich gesagt, habe ich schon darauf gewartet. Zwei Kugeln reichen Emily eigentlich nie. Also geht es zurück zum Valentino. Dort angekommen, fallen uns fast die Augen aus dem Kopf: An der Hausmauer lehnt das Klapperrad. Als wäre es nie weg gewesen.

14. Kapitel

Am Abend liege ich im Alkoven und denke nach. Eigentlich ist der Hollersee der harmloseste und friedlichste Ort der Welt. Doch seit dieser geheimnisvolle Barfüßige hier ist, kommt es zu einem merkwürdigen Vorfall nach dem anderen. Wie hängt das zusammen? Und worauf hatte der Dieb es eigentlich abgesehen? In der Tüte aus der Apotheke fehlte nichts. Die war sogar eher noch voller, wenn man diese kleine schwarze Feder mitzählt, die Emily entdeckt hat.

Die Grübelei bringt mich auch nicht weiter. Ich will mir gerade einen meiner Comics schnappen, als es an der Tür des Campers klopft. Laut und energisch. Dreimal. Ich warte auf das vierte Klopfen, aber es kommt nicht. Es bleibt bei der ungeraden Anzahl. Das kann nichts Gutes heißen. Ich ziehe den Vorhang zurück, um zu sehen, wer uns so spät noch besucht.

Es ist Berta. Und zwar in ihrer schlecht gelauntesten Version.

„Wo sind eure Eltern?“, poltert sie. Charlie, die unten auf dem zum Bett umfunktionierten Klapptisch liegt, runzelt die Stirn. Sie scheint ernsthaft zu überlegen, ob sie Berta die Tür einfach wieder vor der Nase zuschlagen soll. Aber das geht natürlich nicht. Nicht bei Berta. Die hat schon ihre Gummisandale in die Tür gestellt.

„Äh, meine Eltern sind im Heck“, bringe ich heraus. „Die gucken irgendwas auf dem Laptop.“

Da geht auch schon die Falttür zum Schlafbereich auf.

„Guten Abend, Berta! Gibt’s ein Problem?“, fragt meine Mutter irritiert.

„Ein Problem?“, ruft Berta. „So wie ich es sehe, gibt es zwei Probleme!“

Mit ihrem kleinen Zeigefinger deutet sie erst auf mich, dann auf Charlie.

„Ich versteh nicht“, sagt meine Mutter.

„Ihr seid Stammgäste“, motzt Berta weiter. „Deshalb drücke ich ein Auge zu. Jeden anderen würde ich glatt vom Platz verweisen.“

Jetzt hat sich auch mein Vater zu uns nach vorn bequemt.

„Was ist denn los?“, fragt er.

„Willst du es deinen Eltern nicht selbst sagen?", fordert Berta mich auf.

„Sag bloß, du hast etwas ausgefressen?"

Mein Vater klingt ein bisschen belustigt. Weil er genau weiß, dass ich nichts ausgefressen habe. Habe ich nämlich noch nie.

Zum ersten Mal überlege ich, ob ich mir deshalb Sorgen machen sollte. Schließlich bin ich zwölf. Müsste man da nicht schon irgendwas angestellt haben? Ich bin mir sicher, Charlie hat noch in den Windeln das ein oder andere Ding gedreht. Genau deshalb sieht meine Mutter jetzt auch weitaus weniger entspannt aus als mein Vater. Weil sie offenbar nicht vergessen hat, dass wir ja noch Charlie dabeihaben. Chaos-Charlie.

„Was ist denn passiert?", fragt sie. „Hauptsache, niemand wurde verletzt."

Berta lacht auf. Es klingt ziemlich böse.

„Verletzt", sagt sie. „Doch, das würde ich schon sagen. Es gibt eindeutig Verletzte."

Meine Mutter schluckt. Sie legt Charlie eine Hand auf die Schulter. Dann beugt sie sich nach unten, um ihr in die Augen zu sehen.

„Charlie?" Ihre Stimme klingt ganz sanft.

„Ich weiß nicht, wovon Berta redet!"

Meine Mutter atmet tief aus.

„Hör zu, ich bin gar nicht sauer", sagt sie. „Ich will einfach nur von dir selbst erfahren, was du gemacht hast."

„Ich habe nichts gemacht!"

Charlie weicht dem Blick meiner Mutter aus, ihre Zähne hat sie fest aufeinandergepresst.

„Bitte, Charlotte", versucht meine Mutter es noch einmal.

Das war zu viel. Charlie schlägt die Hand meiner Mutter von ihrer Schulter und brüllt: „Ich heiße Charlie!"

Mit diesen Worten dampft Charlie ab. Sie springt aus dem Camper und verschwindet in der Dämmerung. Mein erster Impuls ist, hinter meiner Cousine herzurennen. Sie zu beruhigen. Aber erst muss ich wissen, was hier eigentlich abgeht. Wegen was wir verdächtigt werden. Oder vielmehr Charlie.

Endlich spuckt Berta es aus. Was sie erzählt, ist kaum zu glauben: Die Neuankömmlinge haben sich heute im Lädchen sofort mit dem Mückenspray und der Sonnencreme eingedeckt, die wir gekauft haben. Und als sie abends draußen saßen, wurden sie zwar von den Viechern verschont. Aber trotzdem hat es sie wie verrückt gejuckt. Rote Pusteln haben sie auch bekommen. Überall da, wo sie sich eingecremt hatten ... Bei irgendeinem Opa war es wohl so schlimm, dass er ohne Vorwarnung in den See gesprungen ist. Weil er es einfach nicht mehr ausgehalten hat. Ein anderer wollte den Notarzt rufen.

„Ich habe mir die Sache dann natürlich genauer angesehen", sagt Berta nicht ohne Stolz. „In den Fläschchen war Juckpulver!"

Die wahrscheinlich beste Verwendung für Hagebutten. Der Tee ist zum Kotzen.

„Juckpulver?"

Meine Eltern sehen mich fassungslos an. Aber ich bin genauso geschockt. Denn natürlich sind wir unschuldig, alle miteinander. Wenigstens weiß ich jetzt, warum uns das Rad geklaut wurde: um unsere Einkäufe zu präparieren. Erst die verschwundenen Klamotten, dann das. Jemand will, dass es für uns ungemütlich wird. Aber warum?

15. Kapitel

Kaum ist Berta abgedampft, begebe ich mich auf die Suche nach Charlie. Ich muss ihr unbedingt erzählen, dass sie recht hatte. Es gibt wirklich einen Fall! Und wir stecken mittendrin, ob wir es wollen oder nicht.

Von Charlie sehe ich zuerst nur die Umrisse. Sie sitzt in ihrem Schlafanzug, der ausnahmsweise mal nicht rosa ist, sondern dunkelblau und mit Star-Wars-Emblem, vorn auf dem Steg. Ihre nackten Füße baumeln im Wasser.

„Ich an deiner Stelle würde das sein lassen", rufe ich ihr vom Ufer aus zu. „Im See wohnt angeblich ein Riesenwels. Man sagt, wenn es dunkel wird, macht er sich auf die Suche nach Futter!" Charlie tut, als hätte sie mich nicht gehört. Sie starrt weiter auf den See. Ich überlege: Falls es den Wels wirklich gibt und falls er meine Cousine tatsächlich verschlucken sollte,

spuckt er sie garantiert direkt wieder aus. Wenn jemand schwer verdaulich ist, dann ja wohl sie.

„Charlie?“

Keine Reaktion. Es bleibt mir nichts anderes übrig, als den Steg zu betreten.

„Nimm deine Füße lieber da raus“, sage ich noch einmal. „Der Wels soll echt gefährlich sein.“

Charlie schnaubt.

„Gefährlicher, als ich es bin?“, fragt sie und rückt noch ein bisschen näher an die Kante.

„Hä?“, mache ich. „Wie meinst du das?“

Jetzt, endlich, dreht Charlie den Kopf. Sie schaut mich direkt an und da sehe ich, dass sie geweint hat. Ihre Augen sind ganz rot.

„Na, wie meine ich das wohl? Ihr haltet mich doch alle für gemeingefährlich. Für jemanden, der nix als Ärger macht! Klar, dass deine Mutter sofort mich verdächtigt! Und genauso klar, dass meine Eltern die ganze Zeit streiten. Weil ich ihnen so einen Stress mache.“

„Moment“, hake ich ein und setze mich neben Charlie. Denn wenn ich eins weiß, dann das: Kinder sind nicht für den Zoff ihrer Eltern verantwortlich. Nie. Da können sie noch so viele Dartpfeile in Waden schmeißen, Klassenarbeiten verhauen, Kaugummis klauen oder wasweißichwas anstellen. Das versuche ich, Charlie zu erklären. Aber die will jetzt gar nichts hören. In dem Moment tut sie mir einfach nur leid. Ja, Charlie ist anstrengend. Sogar sehr. Aber das heißt nicht, dass sie keine Gefühle hat. Die hatte selbst Darth Vader. Zögerlich lege ich meinen Arm um Charlies Schulter – und zu meiner Überraschung schüttelt sie ihn nicht ab.

„Cooler Pyjama“, sage ich.

Charlie nickt.

„Prinzessin Leia ist die Beste“, murmelt sie und zieht eine ordentliche Portion Rotz hoch, als wolle sie das Gesagte damit unterstreichen.

Stimmt. Gleich nach Chewbacca.

Eine Weile sitzen wir einfach nur da. Und dann, als meine Pobacken schon anfangen wehzutun, berichte ich Charlie von der Sache mit dem Juckpulver. Sofort leuchten ihre Augen auf.

„Warum hast du mir das denn nicht gleich gesagt!“, ruft sie und springt auf. „Wir haben Feinde! Richtige Feinde! Erst die Sache mit den verschwundenen Klamotten. Dann das Juckpulver! Leon, ich sage dir: Das gibt Rache!“

16. Kapitel

Am nächsten Tag ist erst mal nicht viel mit Rache. Gleich nach dem Frühstück verdonnert mein Vater Charlie und mich dazu, den Müll wegzubringen. In der kurzen Zeit ist schon ganz schön was zusammengekommen. Emily und Jakub schließen sich uns an und so wird es fast ein Ausflug. Nur, dass das Ziel nicht gerade idyllisch ist.

Die Müllsammelstelle ist eine stinkige Angelegenheit. Sie besteht aus riesigen Containern und vielen kleinen Tonnen. Hier wird der Müll nämlich nicht nur gesammelt, sondern gleich ordentlich getrennt.

Emily will gerade den Deckel vom ersten Container schieben, als sich dahinter etwas bewegt. Habe ich schon erwähnt, dass ich ein bisschen schreckhaft bin? Genau genommen ein bisschen sehr. Im ersten Moment wäre ich fast auf Jakubs Arm gehüpft. Weil ich einfach nicht damit gerechnet habe, dass sich hier hinten jemand freiwillig aufhält.

„Entspann dich“, sagt Jakub und tätschelt meine Schulter. „Das ist doch nur unser Freund Wolf.“

Tatsächlich! Schwanzwedelnd kommt der graue Hund hinter den Containern hervor. Er beschnüffelt jeden von uns und beschließt, dass Emily ihm am besten gefällt. Er lässt sich auf den Boden fallen, rollt sich auf den Rücken und lässt sich von ihr ausgiebig den Bauch kraulen.

„Na, was machst du denn hier, mein Kleiner? Na, was machst du denn hier?“, sagt Emily immer wieder. Ihre Stimme klingt ganz hoch und süß. Ziemlich gewöhnungsbedürftig. Dabei ergibt die Frage schon Sinn: Was macht der Hund hier auf dem Campingplatz? Und wo ist sein Mensch?

In dem Moment ist ein Pfiff zu hören. Wolf interessiert sich dafür allerdings kein bisschen. Er lässt sich weiter von Emily verwöhnen. Das Pfeifen wird lauter – und noch mal lauter. Langsam dämmert mir, dass es von gar nicht so weit weg kommt.

Ich beginne, mich ein wenig zwischen den Tonnen umzusehen … und entdecke den Barfußmann. Unter einem der Container. Ja, genau: unter! Dort liegt er regungslos, auf dem Rücken, mit lang ausgestreckten Armen und Beinen. Sieht aus wie diese Yoga-Übung für Faule. *Die Leiche* oder so? Als der Barfüßler sieht, dass ich ihn sehe, lässt er das Gepfeife sein.

„Servus", sagt er stattdessen und nickt mir freundlich zu. Als sei es das Normalste der Welt, sich mal eben unter den Müll zu legen.

„Hallo", sage ich zögerlich.

Der Mann macht immer noch keine Anstalten aufzustehen. Er erklärt mir lediglich, dass er seinen Hund sucht. „Hast du ihn vielleicht gesehen?"

Ich deute über meine Schulter nach hinten.

„Der lässt sich gerade von meiner Freundin Emily streicheln."

„Verräter", sagt der Mann enttäuscht und schließt die Augen.

Ich brauche einen Moment, bis ich kapiere, dass er damit nicht mich meint, sondern seinen Hund. Da das Gespräch mit dem Barfüßler damit offensichtlich beendet ist, gehe ich zu den anderen und berichte ihnen von meiner Entdeckung.

„Verstehe ich dich richtig?", fragt Charlie. „Da liegt ein Mann unterm Müll?"

„Nicht irgendein Mann", korrigiere ich. „Sondern der von gestern, der aus dem Wald. Ihr wisst schon: der, zu dem der Hund gehört."

„Hat er wieder keine Schuhe an?", will Emily wissen.

Ich nicke.

„Komischer Vogel."

„Das habe ich gehört!"

Erschrocken sehen wir uns an.

„Wer hat euch denn erzogen?", schallt es aus der hintersten Ecke der Sammelstelle. „Man redet nicht über Anwesende. Erst recht nicht, wenn sie sich in einer solch unbequemen Lage befinden!"

„Anwesend ist relativ", murmelt Charlie und macht sich auf den Weg zum Barfüßler. Wir dackeln ihr nach. Der Typ liegt tatsächlich immer noch unter dem Container. Selbst als sein Hund ihm über das Gesicht leckt, rührt er sich nicht von der Stelle.

„Ach, Wölfchen, ist dir wieder eingefallen, dass es mich gibt?", fragt er. „Schön. Ja, ich freu mich ja auch."

Als der Hund sich beruhigt hat, sieht der Mann uns erwartungsvoll an.

„Was genau bitte macht mich zum komischen Vogel?“

„Nix“, will ich sagen. Unehrlich, aber höflich. Meine Cousine ist das genaue Gegenteil. Aus ihr sprudelt die Wahrheit nur so heraus.

„Erstens: Sie tragen keine Schuhe.“

„Die gesundheitsfördernden Aspekte des Barfußlaufens wurden in vielen wissenschaftlichen Studien bewiesen“, erwidert der Mann unbeeindruckt.

„Zweitens: Sie haben einen Nadelstreifenanzug an.“

„Zum Ausgleich“, sagt der Mann. „Für die nackten Füße.“

„Drittens: Sie liegen unter einem Müllcontainer.“

„Ja“, gibt der Mann zu. „Das ist in der Tat komisch. Aber das mache ich natürlich nicht freiwillig.“

Jakub hat Schwierigkeiten, den Mann zu verstehen. Und das ist auch kein Wunder bei der ungewöhnlichen Gesprächsposition. Emily wiederholt, was der Barfüßler gesagt hat. Jakub bleibt irritiert. Und das sind wir alle.

„Wie, Sie liegen da nicht freiwillig?“, fragt Jakub und geht vor dem Container in die Knie. „Hat man Sie da festgekettet?“

Der Mann schüttelt den Kopf.

„Sind Sie eingeklemmt?"

Der Barfüßler schüttelt wieder den Kopf. „Ich musste mich hier verstecken."

„Vor wem?"

„Vor euch."

Damit ist ja wohl mehr als klar: Der Typ ist wirklich ein komischer Vogel. Und jetzt bequemt er sich doch noch aus seinem Versteck hervor. Er klopft den Dreck von seiner schicken Hose und erklärt uns, dass das Ganze genau genommen eine Verwechslung ist. Er hat Stimmen gehört und wusste nicht, zu wem sie gehören. Also ist er sicherheitshalber in Deckung gegangen.

„Ich bin hier leider nicht sonderlich gern gesehen", sagt der Barfüßler. „Die kleine fiese Frau mag mich nicht. Aber das beruht auch auf Gegenseitigkeit."

Mit der kleinen fiesen Frau kann nur Berta gemeint sein.

„Man darf nur auf den Platz, wenn man dafür auch zahlt", erkläre ich ihm. „Das gilt auch für die Liegewiese und das Seeufer."

Der Barfüßler schüttelt ungeduldig den Kopf.

„Ich komme doch nicht zum Sonnen oder Schwimmen. Ich will hier bloß ein bisschen Containern. Aber muss man mich deshalb gleich mit dem Wasserschlauch vertreiben?"

„Moment, bitte, *was* wollen Sie hier?", fragt Emily.

„Containern", sagt der Barfüßler. „Nie gehört?"

Wir schütteln den Kopf.

Er seufzt übertrieben laut. „Ich zeig's euch."

Mit diesen Worten hebt er den Deckel von der Restmülltonne und versenkt seinen Arm darin. Bis zum Ellenbogen. Ohne hinzusehen, zieht er einen eingeschweißten Kuchen hervor. Mit Schokoguss.

„Tadaa! Noch ungeöffnet. Und haltbar bis –", der Barfüßler kneift die Augen zusammen, „vorvorgestern. Perfekt." Er reißt die Folie auf, bricht ein großes Stück Schokoladenkuchen ab und schiebt es sich in den Mund.

17. Kapitel

Eines muss man ihm lassen: Der Barfüßler ist großzügig.

„Wollt ihr auch ein Stück?“, fragt er mit vollem Mund. Wir lehnen dankend ab. Zu meiner Überraschung will nicht einmal Emily von dem Kuchen kosten. Und die isst sonst alles!

Ich esse nicht alles! (Außer es gibt Ketchup dazu.)

„Äh, wir gehen dann mal wieder“, murmelt Jakub und genau das tun wir. Als wir fast um die Ecke sind, blicke ich noch einmal über meine Schulter und sehe, wie der Barfüßler aus einer anderen Tonne einen halben Salatkopf fischt. Zufrieden stopft er ihn in seine Jackentasche.

Ich frage die anderen, ob wir Berta von unserer Begegnung erzählen sollten.

„Spinnst du?“, ruft Charlie. „Verpetzen gehört sich nicht.“

Jakub nickt. „Das macht man nur, wenn es um was Ernstes geht. Um Mobbing oder so.“

„Ich habe ja nur laut überlegt", verteidige ich mich. Ehrlich gesagt, bin ich selbst auch dagegen. Eigentlich ist es doch gut, wenn jemand noch Verwendung für das Zeug hat, das andere wegschmeißen.

„Ist ein bisschen wie mit meinen DIY-Projekten", meint Emily. „Dafür benutze ich auch Kram, der für viele nur noch Müll ist." Das stimmt. Mir fällt das Windspiel ein, das sie aus Kronkorken gebastelt hat. Es hängt am Eingang zu Mabels Camper und wer es sieht, kriegt sofort gute Laune.

Beim Beach-Volleyball-Feld lassen wir uns in den Sand sinken. Ein paar Meter vor uns donnert Mia gerade den Ball über das Netz. Sie spielt zusammen mit einem Mädchen im Fußballtrikot gegen zwei Jungs in ihrem Alter. Ich habe sie hier noch nie gesehen, es müssen Neuankömmlinge sein. Der eine hat auf dem Rücken merkwürdige rote Pusteln. Ob das vom Juckpulver kommt? Oder einfach nur die Pubertät ist? Auf jeden Fall sieht es ziemlich unangenehm aus.

Plötzlich habe ich einen Verdacht.

„Was haltet ihr von folgender Theorie", sage ich. „Der Barfüßler hat das Juckpulver in die Flaschen gefüllt. Als Rache für die kalte Dusche, die Berta ihm verpasst hat."

Charlie nickt langsam. „Dann hätte ich mich die ganze Zeit geirrt: Nicht wir haben einen Feind. Sondern Berta! Wir haben durch die Juckpulver-Aktion zwar Ärger gekriegt, aber um uns ging es gar nicht."

Jakub ist nicht ganz überzeugt.

„Aber woher wusste der, dass die Sonnencreme für Berta ist?"

Charlie zuckt mit den Schultern.

„Vielleicht wegen der Menge?", überlege ich.

Mir fällt noch etwas anderes ein: Als wir nach dem Schwimmen unsere Klamotten gesucht haben, haben die Dorfkinder doch gesagt, sie hätten einen Typen auf dem Rad gesehen: mit langen Haaren und Vollbart. Ich kenne hier nur einen, auf den die Beschreibung zutrifft. Aber was hat die Klamotten-Klau-Aktion mit der Rache an Berta zu tun? Mir raucht der Kopf.

Emily fokussiert sich auf das Wesentliche.

„Was wir brauchen, sind Beweise", meint sie. „Wenn der Barfüßler Juckpulver hergestellt hat, müssen dort, wo er wohnt, Spuren zu finden sein."

Klingt logisch. Die Frage ist nur: Wo wohnt er?

Angeblich ja irgendwo im Wald. Aber ob das stimmt? Wir beschließen, die Waldläuferin zu fragen. Wenn eine den Wald kennt, dann sie.

Die Waldläuferin heißt eigentlich Eva. Sie ist Dauercamperin und ihr Spitzname passt perfekt. Jeden Morgen schlüpft sie als Erstes in ihre Turnschuhe, packt ihre Nordic-Walking-Stöcke aus und stapft stundenlang durch den Wald. Angeblich arbeitet Eva die ganze Woche über so viel, dass sie am Wochenende gar nicht weiß, wohin mit ihrer Energie. Die lässt sie im Wald raus. Wer ihr dort begegnet, macht automatisch Platz. Mit Volldampf rast Eva über die Wege, dabei spießt sie ihre Stöcke kraftvoll in den Boden. Eva hat in den fünf Jahren, in denen sie ihren Stellplatz im Hollercamp hat, wirklich alles erkundet. Jede Straße, jeden Weg, jeden Trampelpfad. Das heißt: Wenn der Barfüßler wirklich im Wald lebt, dann weiß Eva auch wo.

Evas Wohnwagen sieht aus wie ein Ufo. Er ist eiförmig und mit silbernen Platten verkleidet. Sie ist die einzige Dauercamperin, die kein Vorzelt hat. Deshalb sitzt sie in einem türkisfarbenen Jogginganzug auf einem Gartenstuhl mitten im Gras. Dort strickt sie. Oder versucht es zumindest. Das Wollknäuel sieht ziemlich verheddert aus.

Als die Waldläuferin uns sieht, ruft sie fröhlich: „Ich kaufe nichts!“

Den Scherz macht sie immer, wenn wir bei ihr vorbeischauen.

„Tag, Eva“, sagt Emily. „Wir hätten da eine kleine Frage.“

„Dann schießt mal los“, sagt Eva und lehnt sich gespannt nach vorn.

„Hast du im Wald in letzter Zeit irgendwas Besonderes beobachtet?“, frage ich. Keine Ahnung, warum. Aber irgendwie scheint es mir besser, mich auf diese Weise an das Thema heranzupirschen.

„Im Wald ist alles besonders!“, ruft Eva. „Jeder Baum, jedes Blatt, jede Ameise ist ein kleines Wunder.“

„Äh, ja“, mache ich. Vielleicht sollte ich die Frage doch noch einmal anders formulieren. Jakub kommt mir zuvor:

„Auf moosgrünem Stamm
schleicht eine Schnecke
ihr Ziel unbekannt.“

Wir sehen ihn verblüfft an.

Jakub wird rot. Auf einmal scheint ihm seine Showeinlage etwas peinlich zu sein.

„Ist nur so ein Haiku. Hab ich mit meinem Vater gelesen."

Dazu muss man wissen: Jakubs Vater ist Professor an der Uni. Er unterrichtet Literatur und kann einem mit den ganzen Gedichten, die er auswendig weiß, ziemlich auf die Nerven gehen.

„Wow", macht Eva und seufzt. „Im Schutz eines Blattes ... Das ist wunderschön."

Charlie räuspert sich. „Um zu unserem Anliegen zurückzukommen ..." Sie hält kurz inne, wie um sich zu besinnen. Dann spricht sie weiter:

„Im tiefgrünen Wald
lebt dieser Mann.
wir wüssten gern wo."

Jakub macht große Augen. So beeindruckt habe ich ihn selten gesehen.

„Der Fremde", sagt Eva langsam. „Hat er es euch also auch angetan. Ich verstehe gar nicht, warum hier auf dem Campingplatz alle so misstrauisch sind. Manche behaupten ja sogar, er habe eine Bank überfallen und dafür im Knast gesessen." Sie zuckt mit den Schultern. „Wie auch immer. Ich glaube, er treibt sich vor allem an der alten Anlegestelle rum. Da habe ich ihn bei meinem Rundgang schon oft bei der Morgentoilette gesehen."

„Du hast ihn beim Pinkeln erwischt?", fragt Jakub.

Eva schüttelt lachend den Kopf. „Nein, beim Zähneputzen, im Bademantel. Deshalb gehe ich davon aus, dass er dort in der Nähe auch irgendwo seine Nächte verbringt."

Das ist eine super Fährte. Damit können wir arbeiten. Unmöglich hätten wir den ganzen Wald durchkämmen können.

Als wir uns von ihr verabschieden, nimmt Eva wieder ihre Stricknadeln zur Hand.

„Danke noch mal", sagt Emily.

„Und viel Glück", ruft Charlie mit Blick auf das Strickzeug.

18. Kapitel

Wir sind uns schnell einig: Es ist am besten, wenn wir uns dem Lager des Barfüßlers vom Wasser aus nähern. Das hat zwei Vorteile. Erstens können wir einen gewissen Sicherheitsabstand einhalten und zweitens können wir uns gut tarnen. Zum Beispiel als Angler.

Wenn es diese verdammten Wiener Schnitzel nicht gäbe, wäre ich schon längst Vegetarierin.

„Muss das sein?“, fragt Emily. Sie hält nicht viel vom Fischefangen im Speziellen oder Tieretöten im Allgemeinen.

„Wir angeln ja nicht wirklich“, sage ich. „Wir tun nur so.“

Praktischerweise ist Jakub stolzer Besitzer eines knallroten Schlauchboots. Das ganze Jahr über lagert das Boot in Bertas Schuppen in einem Karton, auf dem in großen Buchstaben Jakubs Nachname prangt. Das ist echt nett von Berta und ein Service nur für Stammgäste.

Da der Schuppen nie abgesperrt ist, brauchen wir die Tür nur aufzudrücken und schon sind wir drin.

Jakub vermutet, dass seine Kiste ganz hinten steht, weil wir das Boot schon ewig nicht mehr benutzt haben. Wir bahnen uns einen Weg durch die staubigen Kartons, vorbei an dem Holz und Fichtenreisig, das Berta hier für das Pfingstlagerfeuer sammelt. Das hatte ich schon fast vergessen! Dabei ist das Lagerfeuer ja schon heute Abend und immer ein echter Höhepunkt. Da treffen sich alle Camper rund um das Feuer am Ufer. Dann gibt es knuspriges Stockbrot und Maiskolben aus der heißen Asche. Mir läuft schon das Wasser im Mund zusammen, wenn ich nur daran denke.

Leider ist Jakubs Kiste nirgends zu entdecken.

„Vielleicht ist es die da ganz oben", überlegt Jakub und deutet auf das Regal. Kann schon sein: Das Problem ist nur, dass wir da nicht so leicht rankommen. Doch Charlie hat eine Idee. Sie will auf meine Schultern klettern.

„Warum unbedingt auf meine?", frage ich missmutig.

Charlie seufzt. „Weil du mit mir verwandt bist", sagt sie. „Deshalb."

Es wird eine ziemlich wackelige Angelegenheit. Ich gehe in die Knie, Charlie steigt auf den Holzstapel und von da aus hieven Jakub und Emily sie auf meine Schultern. Jetzt muss ich mich eigentlich nur noch aufrichten. Doch das ist mit einer Tonne auf dem Rücken gar nicht so einfach. Irgendwie gelingt es mir. Und irgendwie schafft es Charlie auch, die Kiste vom Regal zu ziehen. Eine Sekunde später liegt sie auf dem Boden. Nicht Charlie. Sondern die Kiste.

„Definitiv nicht meine", verkündet Jakub trocken. Das sehe ich selbst. Bei dem Aufprall hat sich der Inhalt über den Boden ergossen: lauter bunte Sandförmchen. Wir sammeln die Förmchen wieder ein. Aber ich weigere mich, die Kiste dort zu verstauen, wo sie hingehört. Auf keinen Fall lasse ich Charlie ein zweites Mal auf meine Schultern!

„Am besten, wir fragen Berta, wo eure Kiste ist", meint Emily. Das hätten wir mal als Erstes machen sollen!

Wir wollen den Schuppen gerade wieder verlassen, als Charlie sich plötzlich zu Jakub umdreht.

„Du heißt nicht zufällig Nowak, oder?"

„Doch", sagt er. „So wie jeder Zweite aus Polen."

„Ich dachte, du kommst aus Hannover."

Ich verdrehe die Augen, aber Jakub lacht nur.

„Werter Herr Nowak“, verkündet Charlie unbekümmert, „ich habe soeben Ihre Kiste entdeckt. Bitte, danke, gern geschehen.“

Es stimmt! Dort, direkt am Schuppeneingang, steht die Kiste. „FAM. NOWAK“, steht in großen Buchstaben darauf. Wie konnten wir die nur übersehen?

19. Kapitel

Mich überrascht jedes Mal, wie friedlich es mitten auf dem See ist. Vom Geschrei auf dem Beach-Volleyball-Feld schallt nur ein leises Brummen zu uns, bis auch das verklingt. Der Rest ist wie ein Stummfilm. Wir sehen zwar, wie die Menschen am Ufer planschen – aber wir hören nichts davon.

Dafür werden andere Geräusche immer intensiver: das Klatschen der Paddel, die mit schöner Regelmäßigkeit ins Wasser tauchen, das Surren der Libellen, das Quaken einer empörten Ente neben uns ... Nicht mal ein Handy kann diese Idylle stören: Denn die anderen haben ihre Telefone gar nicht erst mitgenommen.

Als hätten wir es geahnt ...

Ich hänge die Angel, die uns Dauercamper Knorke geliehen hat, ins Wasser – mit Haken, aber ohne Köder –, lehne mich zurück und schließe die Augen.

„Da ist Wasser!“, unterbricht Charlie meine Gedanken. Ich seufze schwer. Natürlich ist da Wasser.

Wir sind auf einem verdammten See! Ich bin fest entschlossen, Charlies Einwurf einfach zu ignorieren. Doch dann sind meine Füße plötzlich nass.

„Das Boot hat ein Loch!“, rufe ich. Schlagartig öffne ich die Augen.

„Schnellmerker“, zischt Charlie. „Pack lieber mit an.“ Mit beiden Händen versucht sie, das Wasser aus dem Boot zu schaufeln. Emily tut es ihr nach. Aber das bringt natürlich nichts. Das Wasser steigt immer weiter. Und Jakub? Der sitzt einfach nur da und klammert sich an die Paddel. Er will nicht wahrhaben, dass sein geliebtes Boot kaputt ist. Wir sind schon halb gesunken, da reagiert er immer noch nicht. Ob es dem Kapitän auf der Titanic wohl auch so ging?

Zum Glück ist das hier nicht das eisige Wasser des Nordatlantiks. Und zum Glück können wir alle gut genug schwimmen.

Ich lege Jakub eine Hand auf die Schulter.

„Ist ja ehrenhaft, dass du als Letzter das sinkende Schiff verlassen willst“, sage ich. „Aber Kumpel, wir müssen jetzt schwimmen.“

Jakub nickt langsam.

„Hast du deine Box dabei?“

Jakub nickt wieder. Er reicht mir die wasserfeste Box und ich schraube sie auf, während er seine Hörgeräte aus den Ohren nimmt. Er verstaut sie im Trockenen und hängt sich die Box wieder um den Hals.

„Alle bereit?", fragt Emily. „Auf drei!" Doch noch bevor sie bei „zwei" ist, säuft das Boot endgültig ab. Und wir strampeln im kühlen Wasser. Schade. Wirklich. Wir hatten in den letzten Jahren so viel Spaß mit dem Boot. Möge es in Frieden auf dem Grund des Sees ruhen.

Dann passiert etwas, womit ich nicht gerechnet habe: Kaum ist das Schlauchboot nicht mehr durch unser Gewicht belastet, taucht es wieder auf. Es treibt an der Oberfläche wie eine vergessene Luftmatratze. Uns ist klar, was wir zu tun haben: Wir bringen das Boot an Land. Jeder greift sich etwas Plastik und so schwimmen wir gemeinsam in Richtung Ufer. Gar nicht so leicht, wenn man nur einen Arm frei hat. Der Campingplatz ist weit entfernt: Viel näher ist die alte Anlegestelle. Nennt man das Glück im Unglück? Genau da wollten wir ursprünglich ja auch hin. Wenn auch nicht auf diese Art und Weise ...

20. Kapitel

Während wir halbwegs ruhig vor uns hinschwimmen, kommt Charlie auf die glorreiche Idee, mich an den Riesenwels zu erinnern.

„Ich glaube, ich hab ihn gerade gesehen!", ruft sie. „Da, ganz nah bei Leon."

„Haha", mache ich. So blöd bin ich nun auch wieder nicht. Da streift etwas meinen Fuß. Es fühlt sich glitschig an und schuppig – und groß!

Ich mache eine hektische Strampelbewegung, um schneller voranzukommen. Dabei zapple ich so blöd, dass ich einen Krampf bekomme. In beiden Waden. Vor lauter Schmerzen verziehe ich das Gesicht.

„Leon, was ist?", fragt Emily.

„Krampf", bringe ich heraus. Der Rest ist nur Blubbblubb. Nicht, weil ich absaufe, sondern weil ich plötzlich vergessen habe, wie man richtig schwimmt. Weil man mit zwei krampfenden Waden nämlich gar nicht richtig schwimmen kann.

„Du musst den Muskel dehnen!“, ruft Emily. „Hörst du? Dehnen!“

Echt jetzt?! Fußzehen anfassen und Bein durchstrecken!

Äh, okay, danke für den Tipp. Aber wie macht man das bitte mitten in einem verdammten See? Wasser schießt mir in Mund und Nase. Eigentlich nicht weiter schlimm. Das ist mir schon hundertmal passiert. Doch jetzt kriege ich Panik. Als würde man mich tunken. Deshalb tue ich, was man in so einem Fall niemals tun sollte: Ich schlage wild um mich und versuche, mich an Charlie festzuhalten, die mir eigentlich nur helfen will. Dabei drücke ich auch sie unter Wasser.

„Leon! Beruhig dich!“, brüllt Jakub. Aber ich kann nicht. Ich bin wie von Sinnen.

Da fasst mir von hinten jemand unter die Arme. Im ersten Moment denke ich, es ist Arielle, die mich da aus der Tiefe holt. Oder ein Schutzengel. Aber sollten sich Engel nicht sanft anfühlen, eben wie Luft? Doch dieser Griff ist sehr energisch. Mich würde es nicht wundern, wenn eine meiner Rippen einen Knacks bekommt. Egal.

Ich werde höher und höher gezogen und auf einmal finde ich mich auf einem Brett wieder – mitten im Wasser.

„Das nenne ich einen ordentlichen Fang!“, höre ich eine tiefe Stimme. Ich drehe den Kopf und blicke in die Augen des Barfüßlers. Er ist bis zum Hals im Wasser, die langen Haare kleben an seinem Kopf und in seinem Bart hat sich Entengrütze verfangen. Aber das Wichtigste ist, er hält das Brett mit mir darauf gut fest – mit beiden Händen.

„Geht's wieder?“

Ich nicke matt. Jakub macht das Daumen-hoch-Zeichen. Von dem Krampf ist nichts mehr zu spüren. Es würde mich auch nicht weiter kümmern: Ich habe nun ja mein Floß – das, wie ich erst jetzt erkenne, ein topmodernes Stand-up-Paddle-Board ist.

Auf dem Weg zur Anlegestelle erklärt der Barfüßler mir, dass man unbedingt eine Rettungsweste tragen muss, wenn man nicht sicher schwimmen kann.

„Aber ich kann schwimmen!“ Beleidigt berichte ich von meinem Krampf.

Der Barfüßler ist unbeeindruckt: „Dann hättest du dich einfach auf dem Rücken treiben lassen müssen. Bis sich der Muskel entspannt.“

Klingt nach einer guten Idee für nächstes Mal ...

„Was macht ihr eigentlich so weit draußen auf dem See?“

Ähm. Ich werfe den anderen einen Blick zu. Was soll ich darauf antworten? Dass wir ihn ein bisschen ausspionieren wollten?! Garantiert nicht. Da öffnet Charlie den Mund. Ich ahne Schlimmes. Doch dann gibt sie eine ganz wunderbare Lüge von sich.

„Das war meine Idee“, sagt sie. „Ich bin zum ersten Mal hier und wollte unbedingt zu der Insel dahinten.“

Der Barfüßler runzelt die Stirn. „Das ist Naturschutzgebiet.“

„Ich weiß ...“ Charlie senkt schuldbewusst den Blick. Sie könnte Schauspielerin werden, echt!

„Ist jetzt auch egal“, sagt der Barfüßler. „Ich bring euren verkrampften Freund jetzt erst mal ins Trockene. Und dann gönne ich mir eine kleine OP.“

Erst jetzt sehe ich, dass sich in seinem Unterarm der Angelhaken verfangen hat. Der steckt mitten in der Haut! Unfassbar, dass der Barfüßler sich die ganze Zeit nichts davon hat anmerken lassen. Damit wäre eindeutig bewiesen: Er ist nicht nur ein komischer Vogel. Er ist ein auch krasser Vogel.

Die alte Anlegestelle ist von Schilf umgeben. Es wächst so dicht und hoch, dass man das Ufer vom Wasser aus kaum sehen kann. Genauso wenig wie das Hausboot. Ja, genau: Dort, an der alten Anlegestelle, liegt ein Hausboot. Und das gehört dem Barfüßler! Ich kann nicht fassen, dass wir das noch nie bemerkt haben. Offenbar weiß auch niemand auf dem Platz etwas davon. Das Hausboot sieht aus wie selbst zusammengezimmert, wahrscheinlich ist es das auch. Die Kajüte ist blau angestrichen, mit dekorativem Rettungsring an der Tür. Und oben auf dem Dach scheint eine Art Sonnendeck zu sein – samt gestreifter Hängematte. Was soll ich sagen? Es ist absolut großartig! Trotzdem mache ich mir so meine Gedanken: Schließlich haben mir meine Eltern eingetrichtert, nicht mit Fremden mitzugehen. Gilt das auch für Fremde, die einem gerade das Leben gerettet haben? Vermutlich sollten wir dem Barfüßler zumindest helfen, diesen Angelhaken loszuwerden. Das sind wir ihm schuldig. Wenn ich nur daran denke, zuckt meine Wade nervös. Die ganze Sache erinnert mich an die Geschichte mit dem Dartpfeil. (Von der mein Vater übrigens beeindruckt war: Angeblich hatte

Charlie irgendeinen wichtigen Akupunkturpunkt getroffen.)

„Tut das sehr weh?“, frage ich den Barfüßler. Doch der geht nicht darauf ein. Wortlos steigt er aus dem Wasser, wir trotten hinterher. Er führt uns direkt zur Veranda. Im Schatten liegt sein schlafender Hund. Als Wolf uns bemerkt, schlägt er sofort die Augen auf. Im nächsten Moment ist er auch schon bei Emily und lässt sich ausgiebig kraulen.

Der Barfüßler entschuldigt sich, dass er keine Wechselklamotten für uns hat. „Setzt euch am besten in die Sonne. Dann trocknet ihr auch so.“

Ich blicke mich um.

„Äh, wohin denn?“

Hier ist kein einziger Stuhl. Amüsiert deutet der Barfüßler auf ein paar umgedrehte Weinkisten.

„Sind französische Designklassiker“, behauptet er. Die Kisten sind gar nicht mal so unbequem. Sogar einen improvisierten Tisch gibt es: zwei aufeinandergestellte Paletten. Der Barfüßler versorgt uns mit Salzstangen und Kirschsaft – garantiert auch Mülltonnenbeute –, dann macht er sich daran, den OP-Tisch vorzubereiten.

„Ich brauche gleich einen Assistenten oder eine Assistentin“, kündigt er an und wirft uns einen forschenden Blick zu. „Also, raus mit der Sprache: Wer von euch hat die ruhigsten Hände und die stärksten Nerven?“

Ich spucke beinahe meinen Saft wieder aus. Drei Finger deuten auf mich.

21. Kapitel

Zugegeben, das mit dem OP-Tisch war eine Übertreibung. Genau genommen breitet der Barfüßler nur ein sauberes Geschirrtuch auf dem Tisch aus. Darauf kommen eine Zange, ein Pflaster und eine Flasche Schnaps.

„Zum Desinfizieren“, erklärt er. Schon kippt der Barfüßler die braune Flüssigkeit über seinen Unterarm und das Werkzeug. Dann setzt er die Flasche an seine Lippen und genehmigt sich einen ordentlichen Schluck.

„Jetzt kommt der knifflige Teil“, kündigt er an und drückt mir die Zange in die Hand.

„Äh, also, wir ... äh ... gehen dann mal hinter die Kajüte und äh ... lassen euch in Ruhe arbeiten“, murmelt Jakub, der kein Blut sehen kann. Auch Emily zieht sich zurück. Nur Charlie glotzt noch über meine Schulter. Die anderen müssen zweimal nach ihr rufen, erst dann entfernt sie sich widerwillig vom Ort des Geschehens. Ich würde gern mit meiner Cousine tauschen. Zum ersten Mal im Leben. Aber das ist meine Möglichkeit, mich zu revanchieren: Der Barfüßler braucht mich. Er trinkt noch einen Schluck Schnaps, dann macht er etwas Oberkrasses: Er schließt die Augen und drückt den Angelhaken tiefer in seinen Arm!

Offenbar ist er schon besoffen. Das muss doch wehtun! Wahrscheinlich sollte ich ihn jetzt irgendwie stoppen.

„Äh", mache ich. Und, als das nicht wirkt, versuche ich es noch mal anders: „Ähm."

Das wirkt. Der Barfüßler öffnet die Augen.

„Keine Sorge", sagt er. „Ich weiß, was ich tue. Das Ding muss auf der anderen Seite wieder raus. Sonst zerfetzt mir der Widerhaken das Fleisch."

Da haben wir ja echt was verpasst.

Das ergibt Sinn. Ich nicke stumm. Dabei zuckt meine Wade nervöser denn je. Ein Glück, dass ein Dartpfeil keinen Widerhaken hat. Ich wende den Blick ab – und kriege fast einen Herzinfarkt. Die anderen sind nicht hinter der Kajüte. Die sind in der Kajüte! Sind die wahnsinnig geworden? Dies ist doch nicht der geeignete Moment, um nach Beweisen zu suchen! Mit dem Verdächtigen in allernächster Nähe!

„Alles in Ordnung?", fragt der Barfüßler und sieht mich skeptisch an. „Du bist irgendwie blass."

„Zu viel Sonnencreme", bringe ich heraus.

„Ich dachte schon, du kippst mir um."

Der Barfüßler presst die Lippen aufeinander. Vor Schmerzen? Oder weil er so viel Kraft braucht? Ich habe keine Ahnung.

„Kann ... äh ... kann ich irgendwas tun?", frage ich und denke: hoffentlich nicht.

Es ist so weit. Die Spitze des Angelhakens tritt aus der Haut. Der Barfüßler sieht mich auffordernd an.

„Jetzt bist du dran!", sagt er. „Einmal abzwacken."

Das geht erstaunlich leicht. Zack, schon ist die Spitze samt Widerhaken ab. Nach einer weiteren Schnapsdusche zieht der Barfüßler den Haken mit einem entschlossenen Ruck rückwärts aus der Haut.

Geschafft! Ein einziger Blutstropfen quillt hervor, da kommt das Pflaster drauf. Der Barfüßler klopft mir lächelnd auf die Schulter.

„Saubere Arbeit, Doc", lobt er. Ich glaube, er ist fast so stolz wie ich. Da ziehen sich seine Augenbrauen zusammen. „Wo stecken eigentlich deine Freunde?"

„Ich ... äh ... die ... äh ... keine Ahnung", gebe ich zurück.

Der Barfüßler beginnt, den OP-Tisch aufzuräumen. Er faltet das Geschirrtuch zusammen und verstaut die Zange im Werkzeugkoffer. Mir wird heiß. Jeden Moment wird er das Zeug zurück in die Kajüte bringen. Dann erwischt er die anderen dabei, wie sie gerade in aller Seelenruhe seine Schränke durchwühlen. Was dann passiert, wage ich mir nicht einmal vorzustellen.

Zeit gewinnen! Das ist es, was ich jetzt tun muss. Zumindest so lange, bis die anderen ihre wahnsinnige Schnüffelei beendet haben. Nur wie? Ich beschließe, den Barfüßler in ein Gespräch zu verwickeln. In ein Gespräch über ... Werkzeug! Einigermaßen verzweifelt deute ich auf den Koffer.

„Was ist denn das da oben?“, frage ich.

„Ein Hammer.“

„Und äh, das daneben?“

„Ein Schraubenzieher.“

„Und das auf der anderen Seite?“

„Kann ich dir gern sagen“, meint der Barfüßler und richtet sich zu seiner vollen Größe auf. „Aber meinst du nicht, deine Freunde hatten langsam genug Zeit, meine Bude auseinanderzunehmen?“

Und dann steht er auf und klopft an seine eigene Tür.

22. Kapitel

„Irgendwas Interessantes gefunden?“, fragt der Barfüßler. Er lehnt lässig im Türrahmen. Emily, Jakub und Charlie starren ihn an. Er hat sie auf frischer Tat ertappt. Emily liegt bäuchlings auf dem Boden, um einen Blick unter sein Bett zu werfen. Jakub versucht, den Koffer zu öffnen, der dem Barfüßler offenbar als Nachttisch dient. Und Charlie inspiziert irgendein Rohr, das an der Wand neben einem Handtuchhalter hängt. Sie regt sich als Erste wieder.

In genau dem wäre ich in diesem Moment übrigens am liebsten versunken!

„Ja. Das da ist irgendwie seltsam“, sagt sie und deutet auf das Rohr.

Der Barfüßler nickt. „Stimmt“, sagt er. „Da baue ich nämlich gerade eine Bombe.“

Eine – was? Ich überlege, wie wir am schnellsten von hier flüchten. Wahrscheinlich mit einem beherzten Sprung ins Wasser. Ein kleines Lächeln schleicht sich auf das Gesicht des Barfüßlers.

„Scherz“, sagt er. Er scheint ein richtiger Witzbold zu sein. „An der Stelle fehlt das Waschbecken.“

Charlie prustet los. Mir steckt der Schreck noch in den Gliedern, aber Charlie kriegt sich nicht mehr ein.

„Deshalb putzt du dir die Zähne auch immer am See“, sagt sie, als sie sich wieder einigermaßen beruhigt hat.

Jetzt ist der Barfüßler aber doch überrascht. „Spioniert ihr mir hinterher?“, fragt er mit gerunzelter Stirn.

„Nö“, antworten wir wie aus einem Mund. Es ist super offensichtlich, dass wir lügen. Doch nicht mal das scheint den Barfüßler zu stören.

„Nichts gegen Neugier“, meint er. „Aber wenn ihr etwas über mich wissen wollt, fragt mich. Das erspart euch Arbeit.“

Klingt vernünftig. Das Problem ist nur: Das, was wir wissen wollen, können wir nicht einfach so fragen. Ich spiele es im Kopf durch: *Haben Sie Bertas Sonnencreme mit Juckpulver präpariert? Und haben Sie vorher auch unsere Klamotten am See versteckt, um Klauen zu üben?*

Das würde der Barfüßler ja wohl kaum zugeben. Sonst wäre er der dümmste Gangster der Welt. Mir fallen noch ein paar andere Fragen ein, auf die ich gern eine Antwort hätte: zum Beispiel, wie der Mann mit richtigem Namen heißt und warum er in einem Hausboot wohnt. Aber auch die traue ich mich nicht zu stellen. Die anderen halten ebenfalls ihre Klappe.

Der Barfüßler zuckt mit den Schultern.

„Ihr solltet euch wohl mal so langsam auf den Heimweg machen", sagt er. „Eure Eltern sitzen sicher schon startbereit im Hubschrauber."

„Hä?", mache ich.

Der Barfüßler grinst. „Das sind doch bestimmt so Helikopter-Eltern."

Stimmt, das sind eher Tretboot-Eltern.

Ha, meine definitiv nicht.

Wahrscheinlich haben unsere Erwachsenen noch nicht mal gemerkt, dass wir vom Platz verschwunden sind. Aber trotzdem würde ich gern so langsam mal nach Hause. Bestimmt sind die Vorbereitungen für das Pfingstfeuer schon in vollem Gange. Ich baue bei der Pyramide aus Ästen und Reisig total gern mit. Spätestens, wenn das Feuer angezündet wird, muss ich da sein!

„Mit dem Rad wärt ihr eindeutig am schnellsten wieder im Hollercamp", meint der Barfüßler. „Wenn ich eins hätte, würde ich es euch gern leihen."

„Zu viert würde uns das sowieso nichts bringen“, sage ich.

„Auch wieder wahr.“

Dem Barfüßler fällt ein, dass er irgendwo noch eine Pumpe hat. „Damit könnt ihr euer Boot wieder flottmachen.“

„Schön wär's“, sagt Jakub traurig. „Das Boot hat leider ein Loch.“

„Ein Loch?“ Die Augen des Barfüßlers beginnen zu leuchten.

Wie sich herausstellt, ist der Barfüßler ein Meister im Reparieren von Dingen. Er hat ein ganzes Set zusammengestellt, in dem sich alles findet, was man zum Stopfen und Flicken der verschiedensten Materialien und Dinge braucht. Schlauchboote eingeschlossen. Emily ist natürlich schwer begeistert.

Zum zweiten Mal an diesem Tag baut der Barfüßler einen OP-Tisch auf. Dieses Mal ist der Patient Jakubs geliebtes Boot.

„Jetzt bleibt ihr aber alle hier draußen bei mir!“, bestimmt der Barfüßler. Wir nicken brav. Zuerst müssen wir das Loch lokalisieren. Emily entdeckt es an ihrer Seite – genau genommen, ist es ein Riss.

„Merkwürdig", murmelt sie. „Hier ist das Material total klebrig. Hast du das an der Stelle schon mal geflickt?"

Jakub schüttelt den Kopf. Ich sehe mir den Riss genauer an. Stimmt, auf beiden Seiten des Risses sind klebrige graue Flächen, die mich an irgendetwas erinnern. Aber nicht nur mich.

Schwungvoll reißt der Barfüßler sein Pflaster vom Unterarm. Zum Vorschein kommen genau solche klebrigen grauen Flächen.

„Ihr wisst, was das heißt, oder?", fragt er.

Jakub nickt langsam. „Mein Boot wurde ... manipuliert."

Wir sehen uns an. Es gibt keinen Zweifel: Erst hat man es aufgeschlitzt, dann notdürftig zugeklebt. Mit einem Pflaster, bei dem von vornherein klar war, dass es sich im Wasser löst. Ein Schauer läuft mir über den Rücken. Jemand wollte, dass wir absaufen.

23. Kapitel

Wir beschließen, durch den Wald zurück zum Campingplatz zu laufen. Damit der Kleber, mit dem der Barfüßler das Boot geflickt hat, richtig durchtrocknen kann.

Im Schatten der Bäume beginne ich zu schlottern. Vielleicht wegen meiner Klamotten, die immer noch ein bisschen klamm sind. Vielleicht aber auch wegen der undurchsichtigen Lage, in der wir uns befinden. Wir stehen wieder ganz am Anfang.

„Wenigstens wissen wir jetzt, dass der Barfüßler unschuldig ist", sagt Emily in die Stille hinein.

„Stimmt", gibt Jakub ihr recht. „Wenn er die Sonnencreme präpariert hätte, hätten wir auf dem Hausboot garantiert Juckpulver-Krümelchen gefunden."

„Und das Boot hat der Barfüßler auch nicht aufgeschlitzt", ergänze ich. „Sonst hätte er uns wohl kaum seine Luftpumpe angeboten."

Charlie sieht mich an, als hätte ich sie nicht mehr alle.

„Ich halte den Barfüßler zwar auch für unschuldig", beginnt sie. „Aber das sind doch keine Argumente, Leon! In dem Fall hätte er sich natürlich dumm gestellt. Sonst wäre er ja total bescheuert."

Okay, da ist was dran. Aber das kann man auch freundlicher sagen, finde ich. Charlie und ich sind kurz davor, uns in die Haare zu kriegen, als Jakub uns freundlich bittet, den Streit zu verschieben. „Ich verpass sonst die besten Schimpfwörter", sagt er. „Für mich wird es langsam zu dunkel." Da halten wir die Klappe.

Kurz darauf erreichen wir den Campingplatz. Ich habe mich darauf eingestellt, dass das Lagerfeuer längst fröhlich brennt und dass ich Glück habe, wenn ich noch ein Stockbrot über die Glut halten kann. Doch als ich auf dem Hügel stehe und zum Ufer blicke, ist da – nichts. Keine einzige Flamme. Stattdessen sitzt da ein Haufen Menschen in der Dunkelheit.

Emily schleppt Charlie mit zu ihrer Oma – wofür ich ehrlich gesagt ganz dankbar bin. Nach der Aufregung kann ich eine kleine Cousinenpause gut gebrauchen. Jakub entdeckt seinen Vater am Steg und es dauert nicht lange, da habe ich auch meinen aufgespürt. Er sitzt im Kreis bei den anderen und klimpert auf seiner verstimmten Gitarre herum.

„Mit dem Feuer gibt es leider Anlaufschwierigkeiten", informiert er mich. „Das Brennholz ist nass."

Im ersten Moment denke ich nicht weiter darüber nach. Nasses Brennholz? Kann vorkommen.

Ich lege mich neben meinen Vater auf den Rücken und betrachte die Sterne. Nirgends sind so viele zu sehen wie hier am Hollersee. Und nirgends leuchten sie heller. Eigentlich brauchen wir gar kein Feuer, denke ich. Das grandiose Gefunkel da oben reicht doch völlig aus. Auf einmal bin ich ziemlich müde, ich könnte glatt einschlafen. Wenn um mich herum nicht so laut und aufgeregt gesprochen würde.

„– Frechheit, uns das Pfingstfeuer zu vermiesen!"

„– scheint noch mehr angestellt zu haben –"

„– Katze eingesperrt –"

„– Essen gestohlen!"

Moment! Gestohlenes Essen? Kann es sein, dass damit das Containern gemeint ist? Schnell richte ich mich auf. Und geben hier etwa alle dem Barfüßler die Schuld an dem nassen Brennholz? Überhaupt an allem? Doch es wird noch schlimmer.

„So einer hat hier nichts verloren!", höre ich schließlich. „Loswerden müsste man ihn."

Mein Herz pocht bis zum Hals. Das hier muss ich sofort den anderen erzählen.

„Bis später, Paps", sage ich und drücke ihm einen Kuss auf die Wange. Weil ich in dem Moment so was von dankbar bin, dass er ist, wie er ist. Dass er niemanden verdächtigt, nur, weil er vielleicht anders ist als die anderen.

„Hab dich auch lieb", murmelt mein Vater und versucht es mit einem neuen Akkord, der genauso falsch klingt wie die zuvor. Da bin ich schon aufgestanden, um meine Freunde zu suchen. Die wiederum mich suchen. Denn natürlich haben sie die ganzen Gerüchte und Verdächtigungen auch gehört. Sie sind genauso fassungslos. Denn es gibt absolut keinen Zweifel: Mit dem Brennholz hat der Barfüßler nichts zu tun. Heute Nachmittag im Schuppen war es noch staubtrocken. Das weiß ich, weil ich auf den Holzstapel geklettert bin. Kurz danach waren wir schon beim Barfüßler, und zwar bis zum frühen Abend. Das Zeitfenster dazwischen ist viel zu eng. Er kann es nicht gewesen sein. Er hat ein wasserdichtes Alibi.

Wasser, wie passend!

24. Kapitel

Für eine Lagebesprechung ziehen wir uns in Jakubs Zelt zurück. Emily spendiert eine Riesentüte Gummibärchen, weil unsere Hirne zum Denken ~~angeblich~~ ordentlich Zucker brauchen. Ich stopfe mir eine Handvoll auf einmal in den Mund und beginne, energisch zu kauen. Dass der Barfüßler grundlos verdächtigt wird, macht mich wütend und ratlos zugleich.

Das ist wissenschaftlich bewiesen.

Wir sind uns einig: Der Barfüßler sollte keinen Ärger für etwas bekommen, das er nicht getan hat. Gar nicht getan haben kann! Da müssen wir irgendetwas tun. Nur was? Sollen wir den Erwachsenen erzählen, dass wir den Nachmittag auf dem Hausboot des Barfüßlers verbracht haben und er somit gar keine Zeit hatte, das Pfingstfeuer zu sabotieren?

Jakub schüttelt den Kopf.

„Bestimmt will er nicht, dass alle von dem Hausboot wissen", meint er. Da ist garantiert was dran.

„Andererseits hat er auch nicht gesagt, dass es ein Geheimnis bleiben soll", gibt Emily zu bedenken.

„Das wäre dann aber auch echt verdächtig!", ruft Charlie. „Dann hätte er nämlich was zu verbergen. Wenn jemand sagt: Darüber darfst du auf keinen Fall mit irgendjemandem sprechen, sonst passiert irgendwas, dann muss man quasi jemanden einweihen. Sofort."

Auch wieder wahr. Ich für meinen Teil bin überzeugt, dass der Barfüßler einfach ein Typ ist, der gerne seine Ruhe hat. So wie ich. Ich kann mir vorstellen, dass der Barfüßler sich deshalb in ein Hausboot zurückgezogen hat. Am Hollersee würde ich auch gern das ganze Jahr lang leben. Manchmal bin ich echt neidisch auf die Kinder hier aus dem Dorf ... Moment. Langsam beginnt sich ein neuer Gedanke in meinem Kopf zu formen. Es ist kein Geistesblitz. Eher so eine diffuse Wolke, die ich nicht gleich erfassen kann.

„Moment", wiederhole ich laut. „Charlie, du hast doch vorhin im Wald gesagt, dass der Barfüßler sich vielleicht nur dumm gestellt hat."

„Haben könnte“, korrigiert mich Charlie. „Ich glaube ja auch, dass er unschuldig ist.“

Plötzlich bin ich ganz zappelig. Würden wir nicht in einem Zelt sitzen, ich würde vor Aufregung aufspringen. Weil ich den Gedanken in meinem Kopf jetzt super klar sehe.

„Es gibt noch jemanden, der sich dumm gestellt haben könnte“, sage ich. Die anderen blicken mich irritiert an. „Denkt doch mal nach!“

Langsam, ganz langsam, verändern sich die Gesichtszüge meiner Freunde.

„Die zwei Kinder aus dem Dorf“, sagt Emily schließlich fast tonlos.

Bingo!

Auf einmal ergibt alles Sinn. Zumindest fast. Damit wir den Überblick behalten, müssen wir das aufschreiben! Jakub zückt sein Handy. Wir beginnen aufgeregt, sämtliche rätselhaften Vorkommnisse in der Notizfunktion zusammenzutragen – so können wir unsere neue Theorie überprüfen.

„Da sind erstens die verschwundenen Klamotten“, beginnt Jakub unsere Aufzählung. Wir erinnern uns: Zum Tatzeitpunkt waren sowohl der lange, schmale Junge, das Mädchen mit der Palmenfrisur und angeblich der Barfüßler in der Nähe. Aber haben wir den Barfüßler wirklich gesehen? Nein! Das wissen wir nur von den Kindern aus dem Dorf, die genauso gut gelogen haben könnten, um den Verdacht von sich abzulenken.

„Dafür spricht noch etwas“, sage ich. „Sie haben gesagt, er sei mit dem Rad unterwegs gewesen! Dabei wissen wir mittlerweile, dass der Barfüßler gar keines hat.“

Jakub schreibt alles mit.

„Zweitens“, sagt er, „der Vorfall mit dem Juckpulver.“

Auch hier erweist sich unsere neue Theorie als brauchbar. Wir haben bislang völlig außer Acht gelassen, wer überhaupt eine Gelegenheit hatte, das Rad vor der Eisdiele zu stibitzen.

„Der Barfüßler war zu dem Zeitpunkt doch meilenweit entfernt im Wald!“, ruft Emily.

Wer war im Gegensatz dazu ganz in der Nähe? Richtig. Das Palmenmädchen von der Fußballwiese!

„Drittens“, sagt Jakub, „mein kaputtes Schlauchboot.“

Hier kommen wir ins Stocken. Wir haben keinen einzigen Anhaltspunkt dafür, dass die Kinder aus

Ich wette, ihre Freunde haben draußen in unsere Tüten gelunst. Und hatten dann den fiesen Einfall!

dem Dorf etwas mit dem kaputten Boot zu tun haben. Sie konnten auch gar nicht wissen, dass wir heute damit rausschippern. Oder haben sie es einfach so aufgeschlitzt, aus lauter Lust an Gemeinheiten? Könnte gut sein ...

Gleiches gilt für den letzten Punkt auf der Liste: das nasse Brennholz. Dass wir die Dorfkinder nicht in der Nähe des Schuppens gesehen haben, bedeutet allerdings noch lange nicht, dass sie nicht trotzdem ihre Finger im Spiel hatten.

Was wir brauchen, sind Beweise. Wieder einmal.

„Zeit für eine Spurensuche!", ruft Charlie und schiebt sich das letzte Gummibärchen in den Mund. „Ab zum Schuppen!"

25. Kapitel

Ausgerüstet mit vier Taschenlampen machen wir uns auf den Weg zum Geräteschuppen. Emily will die Tür gerade aufziehen, als es dahinter auf einmal laut rumpelt. Erschrocken hält sie inne. Und was ist das jetzt für ein seltsames Geräusch? Ein Kratzen? Oder Schaben? Ich lausche so angespannt, dass ich für einen Moment sogar vergesse zu atmen.

„Mach schon auf", flüstert Charlie.

„Auf deine Verantwortung", sagt Emily fast tonlos. Sie holt tief Luft, dann öffnet sie die Tür.

Wir leuchten in den Schuppen. Die Lichtkegel unserer Taschenlampen gleiten über die Kartons und Geräte. In der Mitte – dort, wo das Holz lagerte – ist eine große Pfütze. Eine Gießkanne steht daneben. Sonst ist nichts Ungewöhnliches zu sehen. Hier ist niemand. Keine Ahnung, woher die Geräusche kamen.

Immer noch zögerlich betreten wir den Schuppen, einer nach dem anderen. Jakub und Emily untersuchen die Fam.-Nowak-Kiste, in der Zwischenzeit sehen Charlie und ich uns bei Rasenmäher, Besen und Rechen um.

Plötzlich schreit Jakub auf. Er schreit, wie ich ihn noch nie habe schreien hören.

Ich wirble herum – bereit, meinen besten Freund gegen alles und jeden zu verteidigen. Ganz automatisch nehme ich die Kampfhaltung ein, die Charlie mir gezeigt hat. Hatcha!

„Ähm, Leon?“ Emily starrt mich an. „Geht's noch?“

Da sehe ich es selbst: Der Angreifer ist harmlos. Harmlos und klein und süß. Es ist eine von Bertas Katzen. Sie muss vom Regal auf Jakubs Rücken gesprungen sein und hat sich mindestens so erschreckt wie er. Und ich.

„Ist das Chantale?“, frage ich.

Die Katze funkelt mich empört an.

„Selbst ich weiß mittlerweile, dass das Estelle ist“, amüsiert sich Charlie.

„Hallo Estelle“, sage ich. „Tut mir leid, ich wusste nicht, dass du das bist.“

Doch Estelle nimmt meine Entschuldigung nicht an. Beleidigt stolziert sie aus dem Schuppen. Und springt kurz darauf durch das Fenster wieder herein. So geht das ein paarmal: raus durch die Tür, rein durchs Fenster. Andersherum scheint es nicht zu klappen.

Typisch Katze!

„Damit wäre das Rätsel um die eingesperrte Katze gelöst", murmelt Emily und schließt das Fenster, was Estelle mit einem vorwurfsvollen Blick quittiert. „Ist besser so", meint Emily. „Sonst verletzt du dich noch."

In der Zwischenzeit habe ich den Lichtschalter gefunden. Und Jakub hat sich von der Attacke wieder erholt. Er deutet auf die Gießkanne. „Habt ihr das schon gesehen?", fragt er.

Ich traue meinen Augen kaum. Dort, im Ausguss der Gießkanne, steckt eine lange schwarze Feder. Das kann kein Zufall mehr sein. Ich bin mir sicher, dass nicht nur mir in dem Moment ein Schauer über den Rücken läuft. Emily spricht aus, was wir alle denken: „Das ist ein Erkennungszeichen."

Dem ist nichts hinzuzufügen.

„Aber was ist mit dem Schlauchboot?“, fragt Charlie. „Wo war da das Erkennungszeichen?“

„Das ist wahrscheinlich mit uns untergegangen.“ Emily zuckt mit den Schultern. Eine ziemlich gute Erklärung, finde ich.

„Moment!“, ruft Jakub da, schnappt sich noch einmal seine Fam.-Nowak-Kiste und dreht sie um. Eine einzelne schwarze Feder schwebt sachte zu Boden. Emily und ich machen große Augen. Nur Charlie bleibt unbeeindruckt.

„Hübsch“, sagt sie, hebt die Feder auf und steckt sie sich in die Locken.

„Das ... äh ... steht dir“, murmelt Jakub. „Du ... äh ... hast sowieso voll schöne Haare.“

„Du auch“, sagt Charlie grinsend mit Blick auf seine kurzen Stoppeln.

Emily wirft mir einen Blick zu, den ich nicht deuten kann. Dann verzieht sie den Mund komisch und wackelt mit den Augenbrauen.

„Was?“, frage ich.

Das Augenbrauen-Gewackel wird stärker. Ich verstehe nur Bahnhof.

Manchmal bist du echt schwer von Begriff ...

„Was willst du mir sagen?“, frage ich noch einmal

und imitiere ihren Blick. Mit den Augenbrauen wackeln kann ich nämlich auch. Dann wackeln sogar meine Ohren.

26. Kapitel

Am nächsten Morgen erzählt Emily, dass einige Dauercamper gestern Abend noch eine Versammlung einberufen haben. Sie wollten über die allgemeine Lage und das weitere Vorgehen beraten. Das Ergebnis ist schockierend: Die Mehrheit ist dafür, den Fremden aufzuspüren und ihm deutlich zu machen, dass er hier nichts verloren hat. Wenn es sein muss, auch auf „die harte Tour". Was immer das heißen mag ...

Vor lauter Aufregung braucht Emily ein zweites Frühstück. Also machen wir uns auf den Weg ins Lädchen.

Dort wollte Charlie sowieso schon die ganze Zeit hin, um eine Postkarte für ihre Eltern zu kaufen.

Unterwegs feilt sie am Text. „Was haltet ihr von: *Liebe Eltern, hier ist es schön. Erst wurden unsere Klamotten geklaut, dann sind wir mit dem Boot gesunken. Viele Grüße, eure Charlie. PS: Hasst ihr euch immer noch?*"

„Klingt irgendwie ... hart“, meint Emily zögerlich.

„Gut“, sagt Charlie zufrieden. „Hart ist genau richtig.“

Im Lädchen ist es heute recht ruhig. Außer uns und Berta sind da nur Knorke und dieser Neue, Bighead. Ich habe ihn bisher nur von Weitem gesehen und bin etwas enttäuscht. Sein Kopf ist normal groß. Ich hatte einen richtigen Oschi erwartet. Fest steht, dass Bighead unsympathisch wirkt. Da bin ich ganz Mabels Meinung. Er ist so ein stiller Angeber: Zwar redet er nicht viel, aber wenn jemand anderes etwas sagt, nickt er die ganze Zeit mit so einem wissenden Schmunzeln im Gesicht. Als hätte er sich genau das auch gedacht!

Damit wir die Erwachsenen ein bisschen belauschen können, schindet Charlie Zeit. Sie tut so, als ob sie sich in Anbetracht der Riesenauswahl an Postkarten einfach nicht entscheiden kann. Soll sie lieber den See bei Nacht nehmen? Oder den See bei Tag?

„Es ist wirklich toll, dass du uns bei der Sache unterstützt!“, sagt Berta an Bighead gewandt.

Nicken.

Übersetzung:
Ich weiß, dass
ich toll bin.

„Wir brauchen jetzt einen richtigen Profi!“, meint Knorke.

Übersetzung: Genau, so wie mich!

Nicken. Nicken.

„Der Störenfried muss hier verschwinden“, sagt Berta mit Nachdruck. „Wenn sich das rumspricht, bleiben mir die Gäste weg. Dann kann ich den Platz dichtmachen!“

Nicken. Nicken. Noch mehr Nicken.

Übersetzung: All das wollte ich auch sagen. Aber zuerst! Und schöner.

Bighead sieht in meine Richtung. Habe ich zu auffällig gestarrt? Oder kann er Gedanken lesen? Schnell greife ich die erstbeste Karte vom Ständer.

„Ich würde die hier nehmen“, murmle ich und drücke sie Charlie in die Hand.

Bighead verliert endlich das Interesse an uns und dreht sich wieder in Richtung Theke. Er räuspert sich.

„Ich finde den Kerl schon. Und dann werde ich ihm mal was erzählen. Bislang hat noch jeder gemacht, was ich will.“

Als Charlie zur Theke geht, um zu bezahlen, wechselt Berta das Thema. Sie erzählt, dass sich irgendwelche Neuankömmlinge auf dem Weg zum Platz viermal verfahren haben.

„Viermal! Am Schluss sind sie mit ihrem Camper mitten über den Acker gekurvt! Scheinen nicht die Hellsten zu sein.“

Kaum haben wir das Lädchen verlassen, kicke ich frustriert Kieselsteine aus dem Weg.

„Alle haben sich total auf den Barfüßler eingeschossen!“, beschwere ich mich. „Obwohl er unschuldig ist!“

„Dummerweise wissen das aber nur wir“, sagt Emily.

„Und wenn wir den Erwachsenen sagen, was wirklich Sache ist?“, schlägt Charlie vor.

„Genau das ist ja das Problem!“, meint Jakub. „Wir wissen nicht, was wirklich Sache ist! Davon mal abgesehen, glauben die uns doch eh nicht.“

„Das ist es!“, rufe ich.

Die anderen sehen mich neugierig an.

„Berta und Co. werden uns erst glauben, wenn wir den richtigen Täter überführt haben. Also müssen wir das eben tun! Das ist unsere Mission!“

„Unsere Mission?“

„Ja!“ Ich nicke heftig mit dem Kopf. „Mission Hollercamp.“

„Mission Hollercamp ...“ Jakub lässt sich den Namen auf der Zunge zergehen. „Klingt gut.“

„Nee“, sagt Charlie. „Das klingt nicht gut. Das klingt sehr gut!“

Während die anderen weiter in Richtung See gehen, mache ich einen kleinen Abstecher zum Zeltplatz. Ich will Mia in der Angelegenheit zurate ziehen. Denn wenn man schon eine große Schwester hat, sollte man sich nicht nur Anschisse abholen, sondern auch mal einen guten Rat. Sie weiß bestimmt, wie wir unsere Mission am besten angehen. Schließlich gilt es, den Kindern aus dem Dorf immer einen Schritt voraus zu sein. Statt höflich gegen die Plane zu klopfen, stecke ich direkt den Kopf ins Zelt. Da passiert es: Ich sehe zum ersten Mal, wie meine Schwester küsst. Ziemlich engagiert und mit Zunge.

Hast du gedacht, die macht das mit dem kleinen Zeh?

„Leon!“ Mia wirft mir einen bösen Blick zu.

„Tschuldigung“, murmle ich kleinlaut.

Der Junge, der da in Mias Zelt sitzt, lacht nur. Er hat kurze braune Haare und einen langen, schmalen Körperbau, der mir merkwürdig vertraut vorkommt. „Ich bin das gewöhnt, hab auch einen kleinen Bruder“, sagt er. „Und ich muss sowieso langsam mal los.“

Kaum hat er ausgesprochen, geht die Küsserei von vorne los. Ich wende den Blick ab, bis der Junge sich eine halbe Ewigkeit später an mir vorbei aus dem Zelt drängt.

„Wir sehen uns!“, sagt er lässig.

„Klar“, sage ich noch lässiger.

„Mensch, Leon! Luis meint mich!“, schimpft Mia.

„Oh“, mache ich. „Natürlich. Tut mir leid. Äh, kann ich jetzt reinkommen?“

Mia seufzt und lässt sich genervt auf den Rücken fallen. „Mach’s dir gemütlich, Bruder. Mein Zelt ist dein Zelt.“

So viel Großzügigkeit hätte ich gar nicht erwartet. Das macht mir Mut, Mia in die Sache mit dem Barfüßler einzuweihen. Ich erzähle ihr alles und zwar von Anfang an. Ziemlich bald rollt Mia sich auf den Bauch. Sie stemmt die Faust unter das Kinn und hört mir konzentriert zu.

„Und deshalb wissen wir, dass der Barfüßler unschuldig ist“, schließe ich meinen Vortrag. Mia hat mich die ganze Zeit kein einziges Mal unterbrochen. Aber jetzt ist sie dran. Sie holt Luft und dann kriege ich eine Standpauke, die sich gewaschen hat. Mein letzter Besuch in ihrem Zelt hat ganz genauso geendet. Ich sollte wirklich anfangen, meine Schwester woanders zu treffen. Oder noch besser: gar nicht mehr.

27. Kapitel

„Bist du jetzt komplett durchgeknallt?“ Mia hat ihr Kinn vorgeschoben und die Augenbrauen zusammengezogen. Auf ihrer Stirn erscheint eine tiefe Falte. Auf einmal weiß ich, wie sie in 25 Jahren aussieht: wie unsere Mutter. Aber haargenau. Allerdings bin ich clever genug, diese Erkenntnis für mich zu behalten. Mia ist so schon aufgeregt genug.

„Haben dir Mama und Papa denn gar nichts beigebracht?“, ereifert sie sich. „Man geht nicht mit Fremden mit! Niemals!“

„Aber er hat mich doch aus dem Wasser gezogen“, versuche ich dagegenzuhalten.

„Na und?“ Mia kriegt sich gar nicht mehr ein. „Und wenn er dich aus einem brennenden Haus gerettet hätte! Egal!“ Mia schüttelt fassungslos den Kopf. „Bestimmt wärst du auch mitgegangen, wenn er gesagt hätte, dass bei ihm zu Hause ein süßer Hundewelpe auf dich wartet. Oder Schokokekse.“

„Salzstangen", sage ich. „Wir haben Salzstangen gekriegt."

„Leon! Das meine ich ernst! Man geht nicht mit Fremden mit!"

„Okay", murmle ich. „Aber zu sich ins Zelt darf man sie offenbar einladen."

Mia sieht mich überrascht an.

„Luis?" Sie winkt ab. „Den kenn ich schon vom letzten Sommer. Der kommt hier aus dem Dorf. Seine Mutter arbeitet bei Berta im Lädchen. Außerdem, wenn's drauf ankommt, erledige ich den doch mit links. Aber zurück zu deinem Barfußheini. Ich bin wirklich die Letzte, die was gegen jemanden hat, der aus unserer Scheiß-Konsumgesellschaft aussteigt. Aber wenn mein kleiner Bruder bei diesem Jemand abhängen will, muss ich ihn erst kennenlernen. Das heißt, wenn ihr das Boot abholt, bin ich dabei."

„Mia, wir sind doch schon zu viert! Ich glaube nicht, dass –"

„Ich bin dabei. Verstanden?" Mia schiebt ihr Kinn noch ein bisschen weiter vor.

„Ja, Mama", sage ich. Und dann mache ich, dass ich aus dem Zelt komme.

28. Kapitel

Leider sind die anderen nicht gerade begeistert darüber, dass ich Mia in die Sache mit dem Barfüßler eingeweiht habe.

„Ich dachte, sie hätte vielleicht einen guten Tipp für uns“, verteidige ich mich.

„Außerdem, wenn Mia eins kann, dann Geheimnisse bewahren.“

„Das stimmt.“ Charlie nickt. „Sie hat dir auch nie erzählt, wie das mit dem Dartpfeil wirklich war.“

„Was?“

Charlie zuckt mit den Schultern. „War 'ne Wette. Ich habe versucht, den Leberfleck an deinem Bein zu treffen.“

„WAS?“

Charlie winkt ab. „Ist doch eine halbe Ewigkeit her“, meint sie. „Und getroffen habe ich ja auch nicht.“

Das war zu viel. Mir platzt der Kragen.

„Den Fleck nicht!“, brülle ich. „Mein Bein schon!“

Charlie sieht mich verdutzt an. „Leon, entspann dich!", sagt sie. „Ich war damals noch ein bisschen schwierig. Das müsstest du eigentlich wissen."

Emily legt mir den Arm über die Schulter. Das beruhigt mich zumindest etwas. Ich schließe die Augen und versuche, mich auf meinen Atem zu konzentrieren. In dem Moment ist mir Charlie viel zu viel. Charlie und ihre Beichte. Die noch nicht einmal eine richtige Beichte ist, weil dazu nämlich ein schlechtes Gewissen gehört. Aber davon hat sie allem Anschein nach keine Spur! Außerdem verstehe ich nicht, warum Mia mir nie davon erzählt hat. Sie ist meine große Schwester, verdammt! Nicht Charlies! Überhaupt: Vor der hätte sie mich mal beschützen sollen. Mit dem Barfüßler komme ich schon allein klar.

„Tach, Kinder!"

Dass man nicht einmal in Ruhe entspannen kann. Ich öffne die Augen. Vor uns im Sand steht ein gut gelaunter Knorke, komplett im Angleroutfit: Gummistiefel, Weste und Schlapphut. An der Krempe baumelt ein kleiner knallblauer Angelköder. Knorke meint, der bringt ihm Glück.

Köder ... das ist es! Wir müssen den Kindern aus dem Dorf eine Falle stellen. Dafür brauchen wir den richtigen Köder. Praktischerweise spricht alles dafür, dass sie es auf uns abgesehen haben. Wer ist also der richtige Köder? Genau, wir!

Ich bin so angetan von meiner Idee, dass ich beschließe, die Sache mit dem Dartpfeil vorerst auf sich beruhen zu lassen. Kaum ist Knorke außer Hörweite, erzähle ich den anderen von meinen Überlegungen. Sie sind sofort begeistert! Und dann schmieden wir genüsslich einen Plan.

Eigentlich ist es total simpel: Wir werden heute Nachmittag dort schwimmen gehen, wo sich die Kinder aus dem Dorf immer treffen. Das ist noch hinter der alten Anlegestelle, da geht der Hollersee über in den Faulen See. Dort werden Charlie, Jakub und ich unsere Handtücher ausbreiten, uns umziehen und gemütlich eine Runde schwimmen.

Während wir im See sind, wird Emily mit ihrem Handy hinter irgendeinem Busch lauern. Jederzeit bereit, den Auslöser zu drücken! Nämlich genau dann, wenn sich jemand nähert, um unsere Klamotten zu mopsen. Dann wird er oder sie fotografiert. Ein Klick und schon haben wir unseren Beweis dafür, wer hier wirklich für Chaos sorgt!

29. Kapitel

Vor unserem Aufbruch stärken wir uns mit einer Tea Time bei Mabel. Sonntags wird es immer besonders köstlich. Da serviert sie neben frisch gebackenen Scones mit Erdbeermarmelade auch Zitronentörtchen und klebriges Fudge. Davon ist Mia ein riesiger Fan. Deshalb wundere ich mich nicht, dass auch sie kurz vor vier Uhr vor Mabels Camper steht – mit einem schüchternen Luis im Schlepptau.

Davon ist jeder Fan!

„Darf ich heute einen Gast mitbringen?", fragt Mia.

„The more, the merrier", sagt Mabel lächelnd und winkt die beiden herein. Wir verteilen uns rund um den Couchtisch und warten höflich, bis jeder sein Tässchen Tee hat. Dann stürzen wir uns auf die Etagere mit den Leckereien.

„Granny", ~~schmatzt~~* Emily. Irgendwie ist es ihr gelungen, ein ganzes Törtchen auf einmal in ihren

*flötet Emily höflich, nachdem sie mit geschlossenem Mund gekaut und heruntergeschluckt hatte.

Mund zu schieben. „Darf Charlie sich heute noch mal dein Rad leihen?"

„Aber sicher", antwortet Mabel. „Wollt ihr wieder ins Dorf fahren?"

Charlie schüttelt den Kopf. „Wir wollen zum Faulen See."

Ich seufze leise. Das hätte Charlie nun wirklich mal für sich behalten können. Damit ziehen wir doch nur ungewollte Aufmerksamkeit auf uns.

„Was wollt ihr denn da?", fragt Luis prompt und legt seine Gabel ab. Wenn ich mich nicht täusche, ist er nicht nur überrascht, sondern auch etwas genervt.

„Was wohl?", fragt Emily zurück. „Schwimmen."

Luis kann es immer noch nicht begreifen. „Ihr habt hier doch den besten Strand am Hollersee", meint er kopfschüttelnd. „Mit richtigem Sand!"

„Uns ist halt nach Abwechslung", murmle ich.

Da muss Luis lachen. „Ihr Touris habt echt 'ne Meise!", meint er. Eine Sekunde später kapiert er, was er da gerade gesagt hat, und wirft Mabel einen zerknirschten Blick zu. „Sorry, Sie meinte ich natürlich nicht."

„Oh", ruft Mabel entzückt. „Keine Sorge, dear.

Ich habe mich auch gar nicht angesprochen gefühlt. Ich bin hier Dauercamperin."

Das Wort betont sie voller Stolz. Als hätte sie eigentlich gesagt, dass sie eine Suite im Ritz-Carlton hat. Erleichtert stopft Luis sich einen halben Scone in den Mund. Nur um den Happen im gleichen Moment wieder auszuspucken – weil Mia ihm ihren Ellenbogen in die Seite rammt.

„Ich fühle mich aber angesprochen!", ruft sie beleidigt. Kurz guckt Luis ganz betroffen, dann drückt Mia ihm einen Kuss auf den krümeligen Mund. Zum Glück bleibt es bei dem einen Schmatzer. Sonst wäre mir noch der Appetit vergangen.

Als ich nach der Teezeit meine Badesachen auf dem Rad verstaue, steht Mia plötzlich hinter mir.

„Leon, fahrt ihr echt zum Faulen See?", fragt sie und hält mein Rad am Gepäckträger fest.

„Klar", sage ich.

„Sonst macht ihr nichts?"

Ich schüttle den Kopf.

„Schwörst du bei allem, was dir heilig ist, dass ihr nicht zum Nacktfuß geht?"

„Nee", sage ich genervt. „Da gehen wir nicht hin."

Mia guckt mir weiter in die Augen – ohne zu blinzeln. „Falls du lügst –", beginnt sie.

„Ich lüge nicht!"

„Falls du lügst", fährt Mia unbeeindruckt fort. „Falls ich rauskriege, dass du ohne mich als Bodyguard zum Nacktfuß gefahren bist, verschleppe ich dich höchstpersönlich und ... verfüttere dich an den Riesenwels."

„Haha", mache ich mit trockenem Hals. „Kann ich jetzt bitte los?"

Mia nimmt ihre Hand von meinem Gepäckträger und ich trete kraftvoll in die Pedale.

30. Kapitel

Am Faulen See ist verdammt viel los. Dabei ist es hier wirklich nicht gerade berauschend. Wenigstens wissen wir jetzt, warum Luis über unseren Ausflug so überrascht war: Das Ufer ist total schattig, es wimmelt nur so von Mücken und Sand gibt es wirklich keinen. Überall liegen diese spitzen Steine herum, die beim Drauftreten höllisch wehtun. Keine Ahnung, wie die hier alle barfuß herumlaufen können. Aber sie tun es.

Wahrscheinlich haben die zentimeterdick Hornhaut.

Da sehe ich zwei bekannte Gesichter: die beiden von der Fußballwiese. Sie spielen Frisbee mit zwei jüngeren Kindern, einem Jungen und einem Mädchen. Ich habe das Gefühl, die Knirpse mit den rötlichen Locken schon einmal gesehen zu haben. Aber vielleicht bilde ich mir das nur ein. Eines weiß ich jedenfalls ganz sicher: So, wie die gucken, stecken die vier unter einer Decke. Es kann gar nicht anders sein. Und im nächsten Moment ist er einfach da, der

Nee! Die haben wir mal im Dorf auf ihren

gesehen.

passende Name für unsere Feinde: die fiesen Vier. Der wird auch den anderen gefallen! Um mir von meinen Überlegungen nichts anmerken zu lassen, winke ich den Fieslingen freundlich zu. Das bringt den Kleinen aus dem Konzept: Das Frisbee rutscht ihm aus der Hand und landet vor meinen Füßen. Er steht da wie gelähmt. Der lange Schmale ruft irgendwas, das Mädchen mit der Palmenfrisur stöhnt genervt. Schließlich rennt sie selbst los, um das Frisbee zurückzuholen. Aber da habe ich es schon aufgehoben.

„Hallo“, sage ich und gebe ihr die Scheibe. „Hast du dich tätowiert?“ Ich deute auf ihre Hand, die mit lila und hellblauer Farbe beschmiert ist. Das soll ein Witz sein. Ein Versuch, um ins Gespräch zu kommen. Denn ich weiß natürlich, dass Tätowierungen anders aussehen, vor allem sind sie meist feiner gezeichnet. Das hier sieht eher nach einer Begegnung mit einer Spraydose aus. Genauso haben Emilys Hände einen ganzen Sommer lang ausgesehen – als sie Bertas Schuppenwände verschönert hat. Doch das Mädchen geht nicht auf meinen Kommentar ein. Kaum hat sie das Frisbee, ist sie auch schon wieder weg. Verdutzt sehe ich ihr hinterher.

„Was war denn das eben?“, frage ich.

Jakub, der sich schon ausgezogen hat, zuckt nur mit den Schultern. Dann macht er sich auf den Weg zum Ufer. Das ist eine gute Idee. Weiter mit dem Plan! Emily hat mit ihrem Handy längst Position hinter einem Hollerbusch bezogen. Geben wir den Kindern aus dem Dorf also Gelegenheit, sich an unseren Sachen zu schaffen zu machen. Charlie und ich schälen uns aus unseren Klamotten und flitzen, äh ... humpeln über die Steine ins Wasser. Wenigstens das ist genauso schön wie bei uns am Hollersee: klar, kühl und erfrischend.

Jakub, Charlie und ich schwimmen weit raus, damit die Klamottenklauer in aller Ruhe zuschlagen können. Als ich mich auf den Rücken drehe, spähe ich unauffällig in Richtung Ufer.

„Nicht gucken!“, ermahnt mich Charlie sofort. „Sonst trauen die sich doch nicht!“

Damit hat sie natürlich recht. Aber ich bin einfach so aufgeregt! Ich stelle mir vor, wie Emily in genau diesem Augenblick ein paar richtig gute Fotos schießt. Dann haben wir endlich unsere Beweise. Wir schwimmen fast bis zum anderen Ufer, dann erst drehen wir um. Keine Ahnung, wie lange wir schon im Wasser sind. Bestimmt eine halbe Stunde, wenn nicht mehr. Langsam wird mir kalt.

„Meint ihr, wir können wieder raus?", frage ich bibbernd und mache eine entsprechende Geste mit den Händen. Jakub nickt und krault voran.

Am Ufer erwartet uns eine Enttäuschung: Unser Zeug liegt unberührt da. Nicht ein einziger Socken fehlt!

„Da war nichts zu machen", meint Emily, die hinter dem Busch hervorgekommen ist. „Die sind nicht mal in die Nähe eurer Sachen gegangen. Stattdessen haben sie die ganze Zeit einen Geburtstag geplant, der in irgendeiner Laube stattfindet."

Verdammt! Vor lauter Ärger würde ich am liebsten in den nächstbesten Wasserball beißen. Unser schöner Plan ging nicht auf. Wenn die Mission Hollercamp nicht scheitern soll, müssen wir die Sache anders angehen. Ganz anders. Nur wie?

31. Kapitel

„Deine Eltern sind heute komisch drauf“, meint Charlie am nächsten Morgen zu mir. Wir sind auf dem Weg zum Lädchen. Das gemeinsame Brötchenholen ist in der letzten Woche so etwas wie unser Morgenritual geworden. Ich denke nach. Charlie könnte recht haben. Den Frühstückstisch hat mein Vater heute besonders liebevoll gedeckt. Mit frisch gepflückten Gänseblümchen. Und meine Mutter hat uns doch tatsächlich beauftragt, ein paar Croissants mitzubringen. Croissants!

Mir ist es nur recht. Bis wir vom Lädchen zurückkommen und mir der Grund für das ganze Theater klar wird. In unserem Vorzelt sind zwei Leute zu viel.

„Mama!“, ruft Charlie. Vor Schreck lässt sie beinahe die Brötchentüte fallen. „Papa!“

Tatsächlich. Dort sitzen Tante Samantha und Onkel Paul – und sind bestens gelaunt.

„Juhu!“, ruft Tante Samantha, auf deren Kopf ein übertrieben großer Strohhut sitzt. Sie winkt mit beiden Armen. Charlie ist eindeutig weniger begeistert.

„Was macht ihr denn schon hier?“, fragt sie.

„Jetzt komm doch erst mal her und lass dich drücken!“, verlangt Onkel Paul.

Doch Charlie rührt sich nicht. Sie steht nur da, mit in die Hüfte gestemmten Händen. „Ihr seid drei Tage zu früh!“

Tante Samantha und Onkel Paul sehen sich verliebt an.

„Sag du es ihr, Liebling!“, murmelt Onkel Paul und legt einen Arm um seine Frau. Die beginnt zu grinsen.

„Wir haben beschlossen, den Rest der Ferien in London zu verbringen“, verkündet sie stolz. „Alle drei zusammen. Ich habe ein super Hotel ergattert. Mit Wellness-Bereich.“

„London?“, wiederholt Charlie. „Aber ich will jetzt nicht nach London.“

Verwirrt sehen Tante Samantha und Onkel Paul erst sich, dann wieder ihre Tochter an.

„Jetzt sei doch nicht so bockig!“

Diese Touris! Wenn wir unsere Verwandten besuchen, heißt es: Hallo stickige U-Bahn! Hallo Tesco! Hallo furzender Cousin Henry!

„Wir dachten, du freust dich. London! Stell dir das doch mal vor: Wir fahren im roten Doppeldeckerbus! Shoppen bei Harrods! Besuchen die Queen!"

„Und dann erst der köstliche Afternoon Tea!"

„Gibt es hier auch", patzt Charlie.

„Wie meinst du das?", fragt Onkel Paul verwirrt.

„Na, Scones!"

Jetzt sehen mein Onkel und meine Tante mich an. Ich nicke zustimmend.

„Mit Erdbeermarmelade. Und sonntags gibt's sogar Zitronentörtchen. Und Fudge."

Einen Moment ist Stille. Schließlich macht Tante Samantha eine Handbewegung, als wollte sie eine hartnäckige Fliege vertreiben.

„Wie auch immer. Dein Vater und ich, wir wollen mit dir verreisen. Als Familie."

„Und was ist mit mir?", fragt Charlie.

„Wie, was ist mit dir?" Onkel Paul steht komplett auf dem Schlauch. „Das sagte Mama doch gerade: mit dir! Du wolltest doch immer nach England!"

„Jetzt aber nicht mehr", ruft Charlie. „Vor allem nicht mit euch! Da kriegt ihr euch doch gleich wieder in die Haare. Und dann sitze ich auf einer blöden Insel mit euch fest!"

„Jetzt übertreib mal nicht!“, schimpft Tante Samantha. Auf ihrem Hals haben sich rote Flecken gebildet. „Andere Kinder würden sich freuen! Die wären dankbar! Wir haben uns das alles nur wegen dir überlegt. Wegen dir haben wir diese super teuren Flüge gebucht! Wegen dir sind wir die halbe Nacht hierhergefahren.“

„Das Hollercamp war übrigens gar nicht so leicht zu finden“, sagt Onkel Paul zu meinen Eltern. „Die Schilder sind unmöglich! Ein einziges Durcheinander. Hängen völlig falsch und beschmiert sind sie außerdem!“

Tante Samantha nickt zustimmend. „Aber wir haben uns durchgeschlagen. Um dich zu überraschen, Charlotte-Helen!“

Das bringt das Fass zum Überlaufen. Charlie stürmt davon. Ich kenne das schon. Mit ihrem Namen versteht Charlie keinen Spaß. Das müssten ihre Eltern eigentlich wissen. Doch Onkel Paul und Tante Samantha sehen ihr nur ziemlich verwundert hinterher.

Ich räuspere mich. „Das mit der Überraschung ist euch auch gelungen“, sage ich. „Nur war’s halt keine gute.“

„Leon", ermahnt mich meine Mutter sanft. Aber ich glaube, ich muss meiner Tante und meinem Onkel hier wirklich mal was erklären.

„Ihr hättet euch ankündigen sollen", sage ich. „Oder Charlie zumindest fragen, was sie will."

Tante Samantha seufzt. „Aber Charlotte wollte doch gar nicht hierher!", sagt sie. „Ich dachte, sie ist froh, wenn wir sie so schnell wie möglich wieder abholen."

„Hä?", mache ich.

Meine Tante sieht mich entschuldigend an. „Sie hat gesagt, dass sie lieber ins Heim geht –"

„Ins Heim?"

Echt jetzt? Charlie wollte gar nicht zu uns kommen? So wie ich auf keinen Fall wollte, dass sie hierbleibt? Das hat sie sich aber echt nicht anmerken lassen. Ich hatte eher den Eindruck, sie freut sich geradezu, meine Ferien zu torpedieren.

Offenbar ist meine Cousine doch nicht so offen und geradeheraus, wie ich immer dachte. Wie auch immer.

„Ich geh sie mal suchen", murmle ich und nehme die Tüte mit den Croissants mit – Nervennahrung für Charlie. Und für mich.

32. Kapitel

Ich finde Charlie am Ufer – wo auch sonst. Sie sitzt am Steg und baumelt mit den Füßen im Wasser. Ich setze mich daneben. Wortlos reiche ich Charlie ein Croissant. Sie beißt direkt die Spitze ab. Nach einem zweiten Happen beginnt Charlie zu erzählen.

„Meine Eltern wissen gar nicht, wie anstrengend sie sind", sagt sie. „Erst streiten sie, dann vertragen sie sich wieder, dann streiten sie und dann vertragen sie sich wieder."

„Ist das mit dem Vertragen nicht die Hauptsache?", frage ich.

„Aber nicht, wenn hinterher alle so tun, als wäre gar nichts gewesen! Als wäre immer alles in bester Ordnung! Und ich liege dann auf der Lauer und warte auf den nächsten Krach! Weil der kommt! Immer! Und immer geht es gleich ums Ganze!"

AH! Erwachsene können so VERDAMMT kindisch sein!

Charlie sieht mich nicht an, während sie spricht. Sie guckt über den See, eine Entenmama schwimmt mit ihren Küken vorbei.

„Natürlich will ich, dass meine Eltern sich mögen", spricht Charlie weiter. „Aber ich glaube, das können sie besser, wenn sie nicht zusammenwohnen. Die brauchen viel Platz! Und weißt du, wo es definitiv nicht genug Platz gibt? In einem Hotelzimmer in London."

„Und wenn du nicht mitfährst?", frage ich. „Bleib doch einfach hier."

Charlie seufzt. „Das geht nicht", sagt sie. „Dann schieben sie sich gegenseitig die Schuld dafür in die Schuhe und liegen sich noch vor dem Abflug wieder in den Haaren. Aber wenn ich mitfahre, kann ich vielleicht dafür sorgen, dass es nicht passiert."

„Klingt anstrengend", sage ich. „Und ich glaube nicht, dass das dein Job ist. Absolut nicht!"

„Sonst will ihn ja keiner", meint Charlie und lacht bitter. „Zu schlecht bezahlt." Damit steht sie auf und läuft über den Steg zurück zum Camper.

Als ich bei unserem Stellplatz ankomme, haben sich Charlie und ihre Eltern schon geeinigt. Da der Flug erst morgen geht, reicht es, wenn sie heute Abend gemeinsam abfahren. So hat Charlie noch einen ganzen Tag Zeit, um sich mit Emily, Jakub und mir von allem und jedem hier zu verabschieden. Dazu gehören natürlich der Hollersee höchstpersönlich, genauso wie Berta mit ihren Katzen, Mabel – und der Barfüßler.

Weil wir in genau dieser Reihenfolge vorgehen, beginnt der Tag mit einer fetten Arschbombe vom Steg. Jakub sieht ein bisschen traurig aus, als wir aus dem Wasser steigen.

„Wir haben unseren Fall noch gar nicht gelöst“, sagt er.

„Das schafft ihr auch ohne mich“, meint Charlie.

„Und *Malefiz* gespielt haben wir auch nicht.“

Charlie tätschelt ihm tröstend den Rücken. „Sei froh! Dabei hätte ich dich eh nur genervt. Bei Brettspielen bin ich nämlich eine ganz schlimme Moglerin.“

„Dabei hätte ich dich aber gern erwischt“, meint Jakub. Woraufhin Emily mir wieder diesen schrägen Blick zuwirft.

Hast du es IMMER noch nicht geschnallt?

Als wir wenig später zum Barfüßler aufbrechen wollen, gebe ich Mia Bescheid. Versprochen ist versprochen. Sie liegt in der Sonne vor ihrem Zelt und nickt nur mäßig interessiert.

„Wolltest du nicht mitkommen?“, frage ich.

Mia nickt. „Hab es mir aber anders überlegt“, sagt sie und rollt sich auf den Rücken. „Kannst du vielleicht zur Seite gehen, Leon? Du stehst mir in der Sonne.“

Ich gehe nicht nur zur Seite. Ich haue komplett ab. Weil ich ehrlich gesagt beleidigt bin. Irgendwie war die Vorstellung, dass meine große Schwester sich um mich sorgt, gar nicht so schlecht.

33. Kapitel

Wir finden den Barfüßler auf seiner Dachterrasse. Dort sitzt er mit dem Rücken zu uns in der prallen Sonne. Regungslos, im Schneidersitz.

„Ich glaube, der meditiert", flüstere ich, schließe die Augen und mache mit meinen Händen das Om-Zeichen. Das kenne ich vom Yoga meiner Mutter.

„Ich meditiere nicht, ich ... arbeite!"

Zum Glück scheint der Barfüßler uns den Überraschungsbesuch nicht übel zu nehmen. Eigentlich ist er sogar selbst schuld: Schließlich hat er keine Klingel an seinem Boot. Langsam dreht der Barfüßler sich um, in seinen Händen hält er einen abgenagten Bleistift und ein kleines grünes Notizbuch.

Ich frage mich, was er sich darin aufschreibt. Ob das mit der Arbeit ernst gemeint war? Und was noch viel wichtiger ist: Ob ganz vorn in dem Buch möglicherweise der richtige Name des Barfüßlers steht? Ich würde wirklich gern mal einen Blick in das Büchlein werfen. Doch da hat der Barfüßler es schon wieder in seiner Hosentasche verstaut. Und als könnte er Gedanken lesen, fragt er uns jetzt nach *unseren* Namen.

„Wenn ihr öfter hier so reinplatzt, wäre es doch ganz nett zu wissen, wie ihr heißt", findet er.

Emily stellt uns der Reihe nach vor.

Ich habe den Eindruck, dass der Barfüßler mich etwas länger ansieht als die anderen.

„Leon", wiederholt er. „Kleiner Bruder von Mia?"

Ich nicke irritiert. Woher kennt er meine Schwester? Der Barfüßler beginnt zu grinsen.

„Mia war gestern hier, um mich kennenzulernen. Hat mich mit Fragen gelöchert. Ich glaube, am liebsten hätte sie mein polizeiliches Führungszeugnis gesehen."

„Oh", mache ich. Halb bin ich peinlich berührt, halb freue ich mich. Weil Mia sich also doch um mich sorgt. Aber eben auf ihre ganz spezielle Weise.

„Wie heißt du eigentlich?“, fragt Charlie den Barfüßler schließlich geradeheraus. Der sieht sie verdutzt an. „Ich war davon ausgegangen, dass ihr das längst wisst. Nachdem ihr letztes Mal so fleißig mein Boot durchwühlt habt.“

Charlie schüttelt den Kopf.

„Hm“, der Barfüßler kratzt sich am Bart. „Wie nennt ihr mich denn?“

Die Frage verstehe ich nicht. Keiner von uns.

„Na, irgendwie werdet ihr mich doch nennen, wenn ihr über mich sprecht!“, ruft der Barfüßler. „Bin ich der Verrückte auf dem Boot? Der Typ mit dem Hund? Der Kerl aus dem Wald?“

„Der Barfüßler“, sagt Emily. „Du bist der Barfüßler.“

„Barfüßler.“ Er zieht die Augenbrauen hoch und lässt das Wort einen Moment nachklingen. Auf einmal beginnt er zu lächeln. „Gefällt mir. Gefällt mir sogar richtig gut. Wisst ihr was, wir bleiben dabei. Gestatten, ich bin der Barfüßler.“ Mit diesen Worten lüftet er einen imaginären Hut. Und dann erzählt er uns, dass wir Jakubs Schlauchboot eine Etage tiefer finden. „Aber auf einen Gepäckträger passt das nicht.“

„Eigentlich sind wir heute gar nicht wegen des Boots gekommen“, sage ich. „Meine Cousine wollte sich nur verabschieden.“

Charlie nickt.

„Für mich sind die Ferien heute Abend zu Ende. Meine Eltern sind gekommen, um mich abzuholen. Wir fliegen morgen nach London.“

Der Barfüßler sieht Charlie überrascht an. Wahrscheinlich wundert er sich, dass jemand durch den halben Wald radelt, nur um sich von ihm zu verabschieden. Noch dazu jemand, den er genau genommen gar nicht kennt.

„Oh“, macht er schließlich. „Das ist aber sehr nett.“ Er legt den Kopf schief. „Hm. Irgendwie siehst du nicht so aus, als ob du dich über den Trip freuen würdest.“

Charlie schüttelt stumm den Kopf. Einen Moment lang denke ich, dass sie gleich anfängt zu weinen.

Der Barfüßler seufzt mitfühlend. „Das tut mir leid“, sagt er. „So was ist kacke.“

Charlie nickt. Und da überlege ich, ob das vielleicht genau das war, was sie hören will. Dass es kacke ist. So irrsinnig es einem vielleicht vorkommen mag. Es geht nicht darum, Charlie abzulenken oder mit all den tollen Dingen in London zu locken. Im Gegenteil: Charlie findet es kacke, früher abzureisen. Das muss man dann auch einfach mal so stehen lassen. Genau das tut der Barfüßler. Und dann lädt er uns zum feierlichen Abschiedsschmaus ein. Es gibt frisch containierte Schokoladenmuffins, Salzstangen, O-Saft – und für Wolf eine halbe Fleischwurst.

Als wir rund um den Palettentisch sitzen, hebt der Barfüßler sein Glas.

„Auf den Hollersee!", sagt er. Und dann stoßen wir an. Nachdem der Barfüßler sein Glas in einem Zug leer getrunken hat, wischt er sich über den Mund. „Eines frage ich mich schon die ganze Zeit", sagt er. „Habt ihr bei mir nach irgendwas Bestimmtem gesucht?"

Wir nicken zögerlich.

„Und habt ihr es gefunden?"

Wir schütteln den Kopf.

„Interessant", sagt der Barfüßler. „Seid ihr so etwas wie Detektive?"

Emily, Jakub, Charlie und ich sehen uns an. Das ist der Versuch, uns nur über unsere Gedanken zu beratschlagen. Ich überlege: Gibt es irgendeinen Grund, den Barfüßler nicht einzuweihen? Eigentlich nicht.

Die anderen scheinen das genauso zu sehen. Plötzlich sprudelt es nur so aus uns heraus. Wir erzählen dem Barfüßler alles, was er noch nicht weiß. Und das ist ziemlich viel. Er weiß nichts von den gemopsten Klamotten, nichts von der Juckpulver-Attacke und auch nichts von dem sabotierten Pfingstfeuer. Wir verschweigen ihm nur, dass die Dauercamper ihn verdächtigen. Dabei wäre das wahrscheinlich die wichtigste Info überhaupt. Aber irgendwie wissen wir nicht, wie wir es über die Lippen bringen sollen.

Dafür verraten wir ihm, wer unserer Meinung nach hinter den ganzen Aktionen steckt.

„Die fiesen Vier?", fragt der Barfüßler mit gerunzelter Stirn nach.

„Na ja, so nennen wir sie zumindest."

Der Barfüßler pfeift beeindruckt durch die Zähne. „Kein schlechter Name", findet er. „Einprägsam und eindeutig. Den vergisst man nicht so schnell ... Und ihr glaubt wirklich, dass die fiesen Vier es bewusst auf euch abgesehen haben?"

Wir nicken.

„Dann glaube ich das auch", sagt der Barfüßler. „Mich würde allerdings interessieren, warum das so ist. Warum wollen sie euch ärgern? Langweilen sie sich? Wollen sie sich rächen?"

„Wir haben ihnen doch gar nichts getan!", ruft Emily.

„Tja", sagt der Barfüßler. „Mich würde nicht wundern, wenn die fiesen Vier das ganz anders sehen." Er verschränkt die Arme über der Brust und lehnt sich zurück. „Um sie zu überführen, braucht ihr ein Motiv. Sonst wird das nichts."

Nach einem Abstecher zur Eisdiele besteht Charlie darauf, dass wir den offiziellen Radweg zurück zum Hollercamp nehmen. Dabei führt der schnurgerade an der Landstraße entlang und ist total langweilig.

„Die Strecke durch den Wald ist viel schöner", maule ich.

„Pech", ruft Charlie fröhlich. „Heute bin ich die Bestimmerin!"

Sie schwingt sich auf George und radelt davon. Der Saum ihres lila Rocks weht im Wind. Eins steht fest: Charlie ist immer noch nicht passend angezogen für einen Urlaub auf dem Campingplatz. Sie würde eindeutig besser in den Park vom Buckingham-Palast passen. Aber irgendwie stört mich das nicht mehr. Warum auch? Hauptsache, ihr gefällt's.

Wir folgen dem lila Blitz. Erst hinter dem Ortsschild holen wir Charlie ein. Und das auch nur, weil Charlie so plötzlich abbremst, dass Jakub sie fast über den Haufen fährt. Doch das scheint Charlie nicht zu kümmern. Sie deutet auf das Schild vor uns. *Campingplatz Hollersee 3 km* steht darauf. Nur, dass jemand den ersten Teil des Namens mit lila Farbe durchgestrichen und ein anderes Wort darüber geschrieben hat.

„Trottelplatz Hollersee 3 km", liest Jakub vor. Aber das ist noch nicht alles. Auf der Rückseite des Schildes steht: *Touris raus!!!* Mit drei Ausrufezeichen und in hellblauer Farbe.

Lila. Hellblau. Diese Farbkombination habe ich schon einmal gesehen.

„Denkst du, was ich denke?", fragt Emily neben mir.

„Das kommt darauf an", sage ich. „Denkst du an Hände?"

„An Hände mit Farbflecken?"

Wir strahlen uns an. Ich muss zugeben: In dem Moment kommen wir uns verdammt clever vor.

34. Kapitel

Charlie zückt ihr Handy und fotografiert das Schild von allen Seiten. Dann steigt sie auf George und radelt uns schon wieder davon. Wortlos.

„Hey!“, rufe ich ihr hinterher. Irgendwie war ich davon ausgegangen, dass wir das weitere Vorgehen gemeinsam besprechen.

„Charlie!“, rufe ich. Doch sie schaut nicht mal zurück.

Was mit meiner Cousine los ist, erfahre ich erst, als wir kurz darauf auch den Campingplatz erreichen. Dort steht Charlie, aufgeregt mit den Händen fuchtelnd, vor ihren Eltern. Zu uns dringen nur Wortfetzen.

„... einfach entscheiden ... fragen ... meine Meinung ... mein Leben ... nicht mehr alles mitmachen!“

Jakub wirft mir einen fragenden Blick zu.

„Ich glaube, sie schickt ihre Eltern gerade allein zur Queen!“, sage ich.

Ein kleines Lächeln schleicht sich auf Jakubs Gesicht. Er beschleunigt seinen Schritt. Kaum hat er Charlie erreicht, platzt es aus ihm heraus. „Du bleibst echt hier?“

Charlie nickt entschlossen, ohne sich von ihren Eltern abzuwenden. „Wenn ihr mich nicht lasst“, sagt sie und legt Jakub einen Arm um die Schulter, „dann kettet mich der hier an diese Fichte da.“

„Das ist eine Kiefer“, murmle ich. Charlie hat in ihrer Zeit in der Natur offenbar gar nichts gelernt.

Mensch, Leon! Botanik spielt in diesem Moment doch so was von gar keine Rolle!

So weit kommt es dann doch nicht. Während wir unterwegs waren, haben Charlies Eltern nämlich auch nachgedacht. Sie haben tatsächlich kapiert, dass es nicht die beste Idee war, Charlie so zu überrumpeln. Sie versuchen sich sogar an so etwas wie einer Entschuldigung. Das bringt Charlie komplett aus dem Konzept.

„Vielleicht haben sie in ihrer Paartherapie echt was gelernt. Ich glaub es immer noch nicht“, flüstert sie mir wenig später zu, als wir am Parkplatz stehen und ihren Eltern zum Abschied winken.

„Ich dachte, du kannst die beiden nicht allein lassen“, sage ich.

„Kann ich auch nicht“, gibt mir Charlie recht, ohne mich anzusehen. „Aber besser, sie gewöhnen sich schon mal daran. Irgendwann müssen sie sowieso ohne mich klarkommen. Spätestens, wenn ich nach Kanada ausgewandert bin.“

„Kanada?“, fragt Jakub.

Charlie nickt.

„Wieso ausgerechnet Kanada?“

Charlie zuckt mit den Schultern. „Ich glaube, da ist es so ähnlich wie hier am Hollersee. Nur mit Bären. Ich liebe Bären!“ Sie zwinkert Jakub zu. Und wenn mich nicht alles täuscht, wird er ein bisschen rot.

„Sie hat gesagt, dass sie Bären liebt“, wiederhole ich sicherheitshalber. Nicht, dass er verstanden hat, dass sie *ihn* liebt. Aber Jakub lacht nur.

„Du weißt echt nicht, warum ich hiergeblieben bin, oder, Leon?“, fragt Charlie und gibt meiner Schulter einen Faustстоß. „Erstens mag ich euch.“ Als sie das sagt, wird sie auch ein bisschen rot. „Zweitens kann ich euch unmöglich im Stich lassen, wenn wir kurz davor sind, den Fall zu lösen! Wir haben doch jetzt unser Motiv: Fremdenhass!“

„Jetzt aber mal langsam“, sagt Emily. „Das ist in dem Zusammenhang doch nicht ganz das passende Wort.“

Charlie zuckt unbekümmert mit den Schultern. „Dann halt Tourihass.“

Ich kratze mich am Kopf. Da könnte was dran sein.

Wir ziehen uns zum Seeufer zurück, um alles in Ruhe zu besprechen. Am späten Nachmittag, wenn die Sonne nicht mehr so brennt, mag ich es hier besonders gern. Eigentlich ist klar, was wir zu tun haben: Wir müssen die Farbe finden. Die Farbe, mit der die fiesen Vier das Schild – und versehentlich auch sich selbst – beschmiert haben. Dann haben wir ein 1A-Beweismittel. Aber wie sollen wir das anstellen?

„Wir können ja schlecht bei ihnen zu Hause einbrechen“, sage ich.

Jakub sieht mich an.

„Würdest du die Spraydosen ernsthaft bei dir zu Hause lagern?“, fragt er. „Im Kinderzimmer? Unter deiner Horde Kuscheltiere?“

Ich übergehe den Punkt mit den Kuscheltieren. Ich habe genau *einen* Plüsch-Pinguin. Das wird ja wohl noch erlaubt sein. Außerdem hat Jakub total recht. Natürlich würde ich mir ein besseres Versteck suchen.

„Ich würde das Beweismaterial in den See schmeißen", sagt Charlie.

Emily schüttelt den Kopf. „Das ist Umweltverschmutzung", sagt sie. „Außerdem glaube ich, dass die verunstalteten Schilder nur der Anfang waren. Spraydosen sind teuer! Bestimmt haben sie damit noch mehr vor."

Das kann ich mir auch gut vorstellen.

„Ich hab's!", ruft Emily plötzlich.. „Als ich am Faulen See hinter dem Busch gesessen habe, haben die doch die ganze Zeit über diese Geburtstagsparty geredet. Die soll in irgendeiner Laube stattfinden. Angeblich ist Erwachsenen der Zutritt verboten. Genau dort würde ich alles lagern, was niemand finden soll. Zum Beispiel meine Spraydosen."

Das ist der Moment, in dem sich Mias Techtelmechtel mit Luis auszahlt. Ich statte den beiden einen kleinen Besuch ab. Dieses Mal denke ich auch daran, an die Zeltplane zu klopfen, bevor ich den Reißverschluss aufziehe. Entsprechend freundlich empfängt mich Mia.

„Was gibt's, Knalltüte?", fragt sie.

Ich hole tief Luft und erzähle ihnen eine wahnsinnige Geschichte, die wir uns gerade erst gemeinsam ausgedacht haben. Es geht um Charlie, die ganz schrecklich verliebt ist. In den langen, schmalen Typen von der Fußballwiese. Und die ihn nun überraschen will - mit einem Ständchen.

„Mit einem Ständchen?" Mia hebt den Kopf. „Wer macht denn so was? Deine Cousine hat sie echt nicht mehr alle."

„Äh, es ist auch deine Cousine", erinnere ich sie.

„Also, ich finde es irgendwie süß", meint Luis.

„Charlie findet es romantisch", sage ich. „Auf jeden Fall hat sie mich vorgeschickt, um mehr über den Jungen herauszufinden. Allerdings weiß sie ja nicht mal, wie er heißt. Deshalb haben wir uns gefragt, ob es vielleicht irgendeinen Ort gibt, wo die Kinder in unserem Alter sich öfter mal treffen. So was wie einen Jugendtreff."

Ich lächle – aber nur ein bisschen. Weil ein übertriebenes Grinsen Jakubs Meinung nach auch total verdächtig ist.

Luis legt die Stirn in Falten. „Sie könnte es bei der Badestelle am Faulen See versuchen", sagt er.

„Irgendwo drin wäre besser", sage ich. „Wegen … äh, wegen der Akustik."

Luis nickt. „Dann vielleicht in der Laube. Da hängt mein kleiner Bruder zumindest oft ab."

„Eine Laube klingt gut!", rufe ich prompt. „Wo ist die denn?"

Und dann erklärt Luis mir doch tatsächlich den Weg …

35. Kapitel

Wir entscheiden uns für eine Nacht-und-Nebel-Aktion. Kurz nach Mitternacht wollen wir uns vor dem Lädchen treffen, um gemeinsam zur Laube zu radeln. Doch das ist leichter gesagt als getan.

Unser Camper ist in die Jahre gekommen. Wenn ich mich aus dem Alkoven schwinge, klappert und quietscht das ganze Wohnmobil. Und aus irgendeinem Grund springt immer, wenn Charlie von der Schlafcouch aufsteht, die Besteckschublade auf. Das scheppert so richtig. Deshalb müssen wir warten, bis meine Eltern tief und fest schlafen. Natürlich ist das ausgerechnet heute später als sonst der Fall. Sie haben angefangen, irgendeine neue Serie zu gucken und sind schon super süchtig.

„Eine Folge schaffen wir noch!", dringt die Stimme meiner Mutter dumpf zu uns nach vorn. Genau das hat sie jetzt schon dreimal gesagt. Entnervt ziehe ich den Vorhang zurück und strecke den Kopf aus dem Alkoven. Dort unten, auf der Couch, liegt Charlie in ihrem Star-Wars-Schlafanzug und starrt mich an. Sie deutet fragend zur Tür, ich schüttle entschieden den Kopf. Es ist nichts zu machen. Wir müssen uns noch etwas gedulden. Ich rolle mich auf den Rücken und schließe die Augen. Nur für einen Moment ...

„Leon!" Jemand rüttelt an meiner Schulter.

„Leon, schläfst du?" Das Rütteln wird heftiger. Ich schlage die Augen auf. Und kriege einen Riesenschreck. Charlie hat sich eine ihrer Strumpfhosen über das Gesicht gezogen. Ihr Gesicht sieht irgendwie schief aus, ihre Nase ist platt gedrückt. Außerdem ist ihre Haut übersät mit kleinen roten Herzchen. Klar, eine normale Strumpfhose besitzt meine Cousine natürlich nicht.

Ich finde das cool! So viel Rosa, Herzen und Glitzer muss man sich erst mal trauen.

„Super, oder?", fragt Charlie und deutet auf ihr Gesicht. „Das machen echte Einbrecher auch. So erkennt mich keiner!"

Unter meiner Bettdecke bin ich komplett angezogen. Nachdem ich aus dem Alkoven geklettert bin, kommt der schwierigste Teil. Wir müssen die Tür öffnen. Wie in Zeitlupe drücke ich die Klinke nach unten. Es knackt und kracht so laut, als würden wir einen Baum fällen. Mitten im Wohnmobil. Atemlos halte ich inne und lausche. Ich höre mein Herz pochen, aber sonst tut sich nichts. Im Heck bleibt alles still. Meine Eltern schlafen immer noch. Wir haben es geschafft! Charlie und ich springen erleichtert nach draußen.

Es ist ziemlich unheimlich, durch den stockdunklen Wald zu fahren. Natürlich sind unsere Räder mit Vorderlichtern ausgestattet. Doch die wackelnden Lichtkegel, die sich über Büsche und Wurzeln bewegen, machen es nur schauriger. Es sieht so aus, als würden die Pflanzen zittern und zucken. Wir treten stumm in die Pedale. Ob die anderen in dem Moment die Idee genauso verfluchen wie ich? In meinem Bett wäre es jetzt so gemütlich und warm.

Da fängt Charlie an zu singen. Superlaut und superschief. Im ersten Moment wäre ich vor Schreck fast vom Sattel gerutscht. Sie singt „Bruder Jakob" – nur mit u. Irgendwann stimmen wir anderen mit ein und auf einmal fühlt sich alles leichter an.

Weißt du, was noch besser gegen Angst hilft? Schokolade.

Luis hat den Weg zur Laube wirklich perfekt beschrieben. Sie steht nicht weit entfernt vom Faulen See in einem riesigen Garten voller Kiefern. Wir klettern über den Zaun.

Wahrscheinlich ist das das Verbotenste, was ich je getan habe. Es ist ja auch wirklich nicht ohne: Wir schleichen nachts auf ein fremdes Grundstück, um in ein Haus – okay, eine Laube – einzubrechen. Ich weiß nicht, ob ich stolz sein soll oder beunruhigt. Meinem Puls nach bin ich eher beunruhigt. Ich sage mir immer wieder, dass wir ja nur gute Absichten haben. Wir wollen nichts stehlen. Wir wollen Beweismaterial sichern.

„Leon?“

„Ich komme!“

Entschlossen schiebe ich die Taschenlampe in meinen Hosenbund und klettere über den Zaun. Ich erreiche die Laube als Letzter. Die Tür, die schief in den Angeln hängt, ist merkwürdig gemasert. Als ich mit den Fingerkuppen über das Holz fahre, stockt mir der Atem. Das ist keine Maserung! Hier hat jemand Federn in die Tür geritzt. Schon wieder das Erkennungszeichen der fiesen Vier!

Ich bekomme Gänsehaut. Beinahe hoffe ich, dass die Tür abgesperrt ist. Weil uns dann gar nichts anderes übrig bleibt, als umzukehren. Aber natürlich ist die Tür nur angelehnt. Charlie und Emily drücken sie gemeinsam auf.

Keine Sekunde später brechen sie in ohrenbetäubendes Jubeln aus. Dabei hüpfen sie aufgeregt in der Laube herum. Jakub und ich sehen uns verwirrt an. Haben wir irgendwas verpasst?

„Macht die Augen auf!", ruft Emily. Sie fährt mit dem Kegel ihrer Taschenlampe über das Regalbrett. Dort stehen, wie für uns drapiert, zwei Spraydosen: Die eine Kappe ist lila, die andere hellblau.

Jetzt jubeln auch Jakub und ich. Schnell schnappe ich mir die Dosen. Damit wäre das Beweismaterial sichergestellt. Ich bin wahnsinnig erleichtert: Das war ja mal einfach!

Plötzlich geht das Licht an. Schneeweißes Deckenlicht, das in den Augen schmerzt. Ich brauche einen Moment, um mich an die Helligkeit zu gewöhnen. Und dann sehe ich sie in der Tür stehen. Den Jungen und das Mädchen von der Fußballwiese und dahinter die zwei Kleinen mit ihren Skateboards unterm Arm.

„Ich habe gehört, hier will mir jemand ein Liedchen singen?", sagt der lange, schmale Junge grinsend.

Ich stehe da wie erstarrt. Verdammt, also hat Luis meine Lüge doch durchschaut. Ich überlege, wie wir uns am besten entschuldigen. Aber Charlie kommt mir zuvor.

„Was gibt es da so blöd zu grinsen?", poltert sie.

„Hm, da muss ich mal schwer nachdenken", sagt das ältere Mädchen und fasst sich ans Kinn. „Könnte es vielleicht sein, dass wir uns so freuen, weil wir euch auf frischer Tat ertappt haben? Ja, genau! Das ist es!" Sie wirft Charlie einen langen Blick zu. „Außerdem siehst du mit deiner Maske einfach zum Schießen aus. Was soll das sein? Ein Mückenschutz?"

Ihre Freunde lachen mies.

Doch Charlie geht gar nicht darauf ein. „Wir haben euch zuerst erwischt", sagt sie. „Wir wissen, dass ihr

die Schilder beschmiert habt. Und wir haben auch Beweise."

Ich halte die Spraydosen in die Luft.

Der Junge verzieht das Gesicht. „Johanna, ich glaub, ich heul gleich! Die haben Beweise! Mit ihren eigenen Fingerabdrücken drauf!"

„Was?" Ich blicke zu den Dosen in meiner Hand. Stimmt, da sind jetzt meine Fingerabdrücke drauf. Aber doch sicher auch die von den eigentlichen Tätern. Oder?

„Hm", macht Johanna, als könne sie Gedanken lesen. „Ein Glück, dass wir die Dosen immer so gründlich abwischen, was, Alex?"

Der Junge, Alex, nickt.

Auf einmal fühle ich mich nicht mehr ganz so fantastisch. Ich denke nach: Können die uns das mit dem Trottelplatz-Schild wirklich in die Schuhe schieben? Ich glaube nicht.

„Warum sollten wir uns selbst als Trottel bezeichnen?", frage ich. Das ergibt doch keinen Sinn!

„Jule, Basti, wollt ihr es ihm erklären?", fragt Johanna und dreht sich zu den zwei anderen um.

„Weil ihr welche seid!", ruft das Mädchen. Es klingt wie auswendig gelernt. Ihr Bruder – es muss einfach ihr Bruder sein, sie haben sogar die gleichen weißen Poloshirts an – nickt bekräftigend.

„Oder um den Verdacht von euch abzulenken", ergänzt Alex.

„Deshalb habt ihr auch euer Boot aufgeschlitzt. Damit ihr als Opfer dasteht."

„Aber ... wir sind hier doch auch die Opfer!", rufe ich. „Wir haben euch nichts getan", ergänzt Emily.

Alex lacht fies.

„Jetzt haltet ihr mal eure süßen Fressen und hört uns zu", verlangt er.

Fresse halten ... das erinnert mich an etwas. An das Echo vom See. Klar, das waren natürlich auch die fiesen Vier. Weil sie es von Anfang an auf uns abgesehen hatten.

„Wir haben es satt, dass ihr euch hier breitmacht, als ob alles euch gehört! Dabei ist es unser Dorf! Unser Wald! Und es sollte auch unser Sandstrand sein, direkt am Hollersee!"

„Aber ... der Seezugang gehört zum Campingplatz", argumentiert Emily. „Wir können doch nichts dafür, dass der nur für Urlauber ist."

„Urlaub! Gutes Stichwort! Wir verreisen nämlich

nie! Wegen euch! Weil unsere Eltern die ganzen Ferien beschäftigt sind."

Ich glaube, langsam verstehe ich, warum sie so wütend sind. Aber warum trifft es ausgerechnet uns? Ich meine, wir sind ja nicht die Einzigen, die hier Urlaub machen.

„Wir lassen uns das jedenfalls nicht mehr gefallen", sagt Alex jetzt. „Wir haben die Schnauze voll. Nicht wahr?"

Jule und Basti nicken schnell.

Als Nächstes fällt Alex' Blick auf Jakub. Er zeigt mit dem Finger auf ihn. „Warum sagst du eigentlich nie was? Bist du stumm oder so?"

Jakub richtet sich auf. „Ich bin nicht stumm", sagt er langsam. „Ich kann nur nicht gut hören."

Alex wendet sich an mich. „Hat der jetzt verstanden, dass er seinen nächsten Urlaub woanders buchen soll?"

Das war ein Fehler. Jakub ist ein super entspannter Typ. Aber wenn er etwas nicht leiden kann, dann das. Wenn man sich nicht die Mühe macht, mit ihm direkt zu sprechen.

„Sprich mit mir", verlangt er.

Alex runzelt die Stirn. „Hast du das kapiert?",

fragt er. „Wir wollen euch hier nicht mehr sehen."

Jakub reagiert nicht sofort.

Alex stöhnt genervt auf. „Der hat wirklich nur was an den Ohren?", wendet er sich wieder an mich. „Und nicht am Kopf?"

„Sprich mit mir!", verlangt Jakub wieder.

Aus dem Augenwinkel sehe ich, dass er seine Hände zu Fäusten geballt hat. Emily wirft mir einen nervösen Blick zu. Sie macht den Mund auf, doch bevor sie etwas sagen kann, poltert Alex los.

„Du hier nix verloren", sagt er übertrieben laut. „Du verstehen?"

Das war zu viel: Jakubs Faust saust nach vorn und Alex heult auf.

36. Kapitel

Es gibt absolut nichts zu beschönigen. Das Ganze ist anders gelaufen, als wir es uns vorgestellt hatten. Ganz anders. Ich frage mich, ob Charlie es jetzt vielleicht doch bereut, nicht mit ihren Eltern nach London geflogen zu sein. Doch Charlie scheint blendend gelaunt zu sein. Sie haut beim Frühstück am nächsten Tag so richtig rein.

Als wir wenig später die anderen treffen, ist nicht zu übersehen, dass Jakub ein verdammt schlechtes Gewissen plagt.

„Ich mach so was eigentlich nicht mehr", murmelt er.

„Moment", sagt Emily und hebt die Hand. „Hast du gerade gesagt: nicht mehr?"

Jakub nickt betrübt. „Früher hab ich mich ziemlich oft gekloppt", sagt er. „Musste deshalb sogar mal die Schule wechseln."

„Wie bitte?"

Charlie lacht, weil ich so verdutzt gucke. Aber mal im Ernst: Jakub ist der friedliebendste Mensch, den ich kenne. Der ist eigentlich immer gut drauf.

„Ich konnte mich mit Worten nicht gut verständlich machen“, erklärt er. „Da hab ich halt einen anderen Weg gesucht …“

Jakub seufzt. „Was meint ihr? Muss ich mich jetzt bei dem Arsch entschuldigen?“

Wir sind einstimmig dagegen. Ein Arsch verdient keine Entschuldigung.

„Alex wollte, dass wir mit dem Boot absaufen“, ruft Emily. „Das ist viel schlimmer als ein bisschen Nasenbluten.“

„Außerdem haben wir jetzt Wichtigeres zu tun“, meint Charlie. „Wir müssen zum Barfüßler! Weil wir nun ja leider nicht beweisen können, dass er unschuldig ist, sollten wir ihm zumindest erzählen, dass die Camper ihn loswerden wollen. Dann kann er sich wenigstens darauf vorbereiten.“

Das klingt nach einem guten Plan. Also schnappen wir uns unsere Räder und brechen auf zur alten Anlegestelle.

Es ist schon absurd, denke ich unterwegs. Die Kinder aus dem Dorf ärgern sich über die Camper, die

Wie heißt es so schön? Wenn Plan A nicht klappt, keine Sorge. Es gibt noch 25 andere Buchstaben …

sich hier breitmachen. Und die Camper wiederum ärgern sich, sobald hier der Nächste ankommt und in der Nähe sein Lager aufschlägt. Wobei ich die fiesen Vier, so bescheuert sie auch sind, zumindest ein Stück weit verstehen kann. Muss blöd sein, nie in den Urlaub zu fahren. Keine Ahnung, was ich ohne das Hollercamp machen würde!

Als wir am Hausboot ankommen, frage ich mich, was der Barfüßler gerade macht. Ob er wieder mit seinem Stand-up-Paddle unterwegs ist? Oder geheimnisvolles Zeug in sein Notizbuch schreibt? Der Typ ist und bleibt mysteriös. Ich traue ihm so gut wie alles zu. Echt, es würde mich nicht wundern, wenn er gerade eine dreistöckige Buttercremetorte backt, das Hausboot knallrot streicht, hundert Klimmzüge macht oder auf einem gestreiften Einhorn durch den Wald reitet. Was er dann tatsächlich tut, ist allerdings ziemlich unspektakulär.

Er kniet, nur mit einer Bügelfaltenhose bekleidet, auf dem Steg und bürstet seinen Hund. Das sieht so friedlich und liebevoll aus, dass mir noch einmal ganz klar wird: Der Barfüßler darf hier nicht vertrieben werden, auf keinen Fall. Der ist einer von den Guten.

Wir setzen uns zu ihm auf den Steg. Wolf beginnt freudig mit dem Schwanz zu wedeln, sodass er laut gegen das Holz klopft. Aber er bleibt trotzdem liegen. Er scheint die Prozedur zu genießen.

„Na, was gibt es Neues von euren Lieblingsfeinden?", fragt der Barfüßler, ohne den Blick von seinem Hund abzuwenden.

„Um die geht es heute ausnahmsweise mal nicht", sagt Emily.

„Also, zumindest nicht direkt."

Dann erzählen wir ihm, was wir bisher verschwiegen haben. Dass die Camper ihm die Schuld an allem geben, was hier in letzter Zeit so passiert ist. Und dass wir befürchten, dass es für ihn ziemlich unangenehm werden könnte. Der Barfüßler lauscht unserem aufgeregten Vortrag, ohne uns auch nur einmal zu unterbrechen. Ganz am Schluss lächelt er.

Ich bin verwirrt. Hat der Barfüßler nicht verstanden, was wir ihm eben erzählt haben? Eine ganze Horde Camper hat es auf ihn abgesehen!

„Ich glaube, ich weiß, was zu tun ist", sagt er.

„Ich werde mich bei der nächsten Versammlung auf eurem Platz offiziell vorstellen. Dann lasse ich meinen Charme spielen. Wäre doch gelacht, wenn ich so ein paar campende Spießer nicht für mich gewinnen könnte."

„Hey!", sagt Jakub. „Wir sind nicht alle Spießer!"

„Wir sind auch nicht alle Camper", sage ich mit Blick auf Charlie, die sich heute mal wieder besonders schick gemacht hat.

Doch Charlie lacht nur und berichtet dem Barfüßler von unserer nächtlichen Begegnung mit den fiesen Vier. Sie schließt mit den Worten: „Und – zackbumm – schon lag der gute Alex auf der Fresse!"

Der Barfüßler pfeift beeindruckt durch die Zähne.

„Er lag nicht auf der Fresse!", protestiert Jakub. „Ich hab ihn nicht umgehauen. Er ist nur ein bisschen ins ... äh ... Wanken geraten."

„Unwichtige Details", meint der Barfüßler und sieht uns jetzt doch an. „Damit ist jedenfalls klar, dass ihr eindeutig Besseres zu tun habt, als meine Ehrenrettung voranzutreiben. Ihr solltet euch vorbereiten."

„Hä?", mache ich. „Wieso? Auf was?"

Emily wirft mir einen ungläubigen Blick zu.

„Na, glaubst du etwa, dass die fiesen Vier das einfach so auf sich sitzen lassen werden?"

„Niemals!“, ruft Emily. „Das war garantiert erst der Anfang.“

„Der Anfang?“

Die anderen lachen über meinen entsetzten Gesichtsausdruck. Erst so langsam dämmert mir, dass meine Ferien am Hollersee wohl nie mehr so werden, wie sie vorher waren. Aber wenn ich es mir genau überlege, kann ich mir Schlimmeres vorstellen. Ich bin bereit für eine neue Mission.

Lena Hach

Lena Hach wurde 1982 in Hessen geboren. Sie besuchte eine Schule für Clowns und studierte anschließend Anglistik, Germanistik und Kreatives Schreiben. Sie arbeitete zunächst als Journalistin und widmete sich dann der Kinder- und Jugendliteratur. Inzwischen sind zahlreiche Bücher von Lena Hach bei Mixtvision erschienen. Ihre Bücher wurden bereits vielfach ausgezeichnet, zuletzt mit dem Leipziger Lesekompass 2019 für ihr Jugendbuch „Grüne Gurken“.

Ein großes Danke geht an meine Lektorin Lena Frenzel, mit der die Zusammenarbeit wie immer ein echtes Vergnügen war, an Elisabeth Braune, die wieder einmal eine super Idee für meine Lesungen hatte – sowie an das gesamte wunderbare Verlagsteam.

Außerdem möchte ich mich bei Cindy Klink, Roger Reichardt und Marta Szafrańska bedanken, die meine vielen Fragen so geduldig wie versiert beantwortet haben.

Danke auch an meine tollen Kolleginnen Andrea Karimé und Aygen-Sibel Çelik. Sie sind mir im letzten Moment zur Seite gesprungen und haben meine Worte an ausgewählten Stellen geprüft. (Ich freue mich auf eure Sensitivity-Workhops!)

Schließlich danke ich meinen Kolleginnen Kirsten Reinhardt und Kathrin Schrocke, die sich mit mir aufgemacht haben, bessere Geschichten zu schreiben.

Mission Hollercamp
Das verlassene Boot
(Bd. 2)

Lena Hach

200 Seiten, € (D) 14,–

ISBN 978-3-95854-168-9

Ab 10 Jahren

Ferienzeit heißt Hollercamp. Wie in jeden Ferien treffen sich Leon, Emily und Jakub auf dem Campingplatz. Vor ihnen liegen himmlische Wochen voller Sonne, Baden und Eis ohne elterliche Kontrolle. Doch wieder wird die Ferienidylle von einem rätselhaften Ereignis überschattet. Hat sich auf dem verlassenen Hausboot ein Verbrechen abgespielt? Leon, Emily und Jakub nehmen die Fährte auf …

Leopoldstraße 25, 80802 München
www.mixtvision.de

Cover und Vignetten: Lisa Hänsch
Grafik und Gestaltung: F. v. Wissel, hoop-de-la, Köln
Handlettering: Karla-Jean v. Wissel, Gent
Druck und Bindung: GGP Media GmbH, Pößneck

ISBN: 978-3-95854-167-2
Auch als E-Book erhältlich